James
y el melocotón gigante
Roald Dahl

Traducción de Leopoldo Rodríguez
Textos rimados de María Puncel
Ilustraciones de Quentin Blake

ALFAGUARA

Título original en Inglés: *JAMES AND THE GIANT PEACH*
JAMES Y EL MELOCOTÓN GIGANTE

D.R. © Del texto: 1961, ROALD DAHL
D.R. © De las ilustraciones: 1995, QUENTIN BLAKE
D.R. © De la traducción: 1982, LEOPOLDO RODRÍGUEZ

D.R. © De esta edición:
1999, Aguilar, Altea, Taurus, Alfaguara, S.A. de C.V.
Av. Universidad 767, Col. del Valle
México, 03100, D.F. Teléfono 688 8966
www.alfaguara.com.mx

Alfaguara es un sello editorial del Grupo Santillana.
Éstas son sus sedes:

ARGENTINA, BOLIVIA, CHILE, COLOMBIA, COSTA RICA, ECUADOR,
EL SALVADOR, ESPAÑA, ESTADOS UNIDOS, GUATEMALA, MÉXICO,
PANAMÁ, PERÚ, PUERTO RICO, REPÚBLICA DOMINICANA,
URUGUAY y VENEZUELA.

Primera impresión en México: septiembre de 1999
Primera reimpresión: junio de 2000

ISBN: 968-19-0625-X

Diseño de la colección:
José Crespo, Rosa Marín, Jesús Sanz

Impreso en México

James
y el melocotón gigante

Este libro es para Olivia y Tessa.

1

Hasta los cuatro años, James Henry Trotter había llevado una vida feliz. Vivía plácidamente con su madre y su padre en una hermosa casa a orillas del mar. Siempre había montones de niños con los que jugar, había una playa por la que podía correr y mar en el que podía remar. Era la vida perfecta para un niño.

Un día, la madre y el padre de James fueron de compras a Londres, y allí sucedió una cosa terrible. Ambos fueron devorados en un santiamén (en pleno día, fíjate, y en una calle llena de gente) por un enorme rinoceronte furioso que había escapado del zoológico de Londres.

Esto, como podrás comprender, fue una experiencia de lo más desagradable para unos padres tan cariñosos. Pero a la larga aún fue más desagradable para James que para ellos. Pues sus problemas se acabaron en un periquete. Ellos murieron y se fueron en treinta y cinco segundos escasos. Y el pobre James, por su parte, seguía vivo y de pronto se encontró solo y asustado en un mundo inmenso y hostil. La hermosa casa a orillas del mar tuvo que ser vendida inmediatamente, y el niño, sin más posesiones que una pe-

queña maleta en la que llevaba un par de pijamas
y un cepillo de dientes, fue enviado a vivir con
sus dos tías.

Sus nombres eran tía Sponge y tía Spiker,
y, muy a mi pesar, tengo que confesar que eran
dos personas realmente horribles. Eran egoístas,
perezosas y crueles y, ya desde el principio, empezaron pegando a James por la razón más míni-
ma. Nunca le llamaban por su verdadero nombre,
sino que se referían a él como «pequeña bestia
repugnante», «sucio fastidio» o «criatura miserable» y, lógicamente, nunca le daban juguetes
para jugar, ni libros ilustrados para mirar. Su habitación estaba tan desnuda como la celda de una
prisión.

Vivían —la tía Sponge, la tía Spiker y ahora también James— en un extraña casa destartalada, situada en la cima de una colina, al sur de Inglaterra. La colina era tan alta que casi desde cualquier lugar del jardín James podía ver millas y millas de un maravilloso paisaje de bosques y campos; y en los días claros, si miraba en la dirección apropiada, podía ver allá lejos, en el horizonte, un pequeño punto verde, que era la casa en la que había vivido con sus queridos mamá y papá. Y, justo un poco más allá, podía ver el océano —una estrecha franja de color azul oscuro, como una línea dibujada a tinta, que bordeaba el cielo.

Pero a James nunca le dejaban salir de la cima de aquella colina. Ni la tía Sponge ni la tía Spiker se preocupaban de llevarle nunca a dar un paseo, ni de excursión y, naturalmente, no podía ir solo. «Esta pequeña bestia repugnante no hará más que buscarse líos si sale del jardín», había dicho la tía Spiker. Y le habían prometido unos castigos terribles, tales como ser encerrado durante una semana en el sótano, con las ratas, si se atrevía tan siquiera a subirse a la verja.

El jardín, que ocupaba toda la cima de la colina, era grande y desolado, y el único árbol de aquel lugar (aparte de un grupo de desastrados laureles en uno de los extremos) era un viejo melocotonero que nunca daba melocotones. No había columpio, ni balancín, ni foso de arena, ni nunca era invitado un niño para que subiera a la cima de la colina a jugar con el pobre James. No había ni tan siquiera un perro o un gato que le hiciera compañía. Y según pasaba el tiempo se iba sintiendo más y más triste, y más y más solo, y se pasaba horas junto a la verja del fondo del jardín, contemplando melancólico el hermoso y prohibido mundo de bosques, campos y mar que se extendía a sus pies como una alfombra mágica.

2

Llevaba James Henry Trotter tres años viviendo con sus tías, cuando una mañana le sucedió una cosa bastante rara. Y esta cosa, que como dije era solamente bastante rara, pronto hizo que sucediera una segunda cosa que era muy rara. Y entonces la cosa muy rara, a su vez, hizo que ocurriera una cosa que de verdad era fantásticamente rara.

Todo sucedió en un caluroso día de mediados de verano. La tía Sponge, la tía Spiker y James estaban en el jardín. Como siempre, a James le mandaron a trabajar. Esta vez estaba partiendo leña para la cocina. La tía Sponge y la tía Spiker estaban cómodamente sentadas en sus mecedoras, bebiendo limonada y vigilándole para que no dejara de trabajar ni por un momento.

La tía Sponge era baja y enormemente gorda. Tenía ojos pequeños y cerdunos, la boca hundida y una de esas caras fláccidas y lechosas que dan la impresión de haber sido cocidas. Parecía un enorme repollo blanco recocido. La tía Spiker, por otra parte, era nervuda, alta y huesuda y usaba unas gafas con montura de metal que

llevaba sobre la nariz sujetas con una pinza. Tenía la voz chillona y sus grandes y finos labios
estaban continuamente húmedos. Cada vez que
se enfadaba o excitaba, al hablar salía de su boca
una fina llovizna de saliva. Y allí estaban sentadas aquellas dos horribles brujas bebiendo sus re-
frescos y, de vez en cuando, diciéndole a gritos a
James que trabajara más rápido. También hablaban entre ellas, diciendo lo hermosas que se
creían a sí mismas. La tía Sponge tenía sobre las
rodillas un espejo de mango largo que miraba de
vez en cuando para contemplar su horrible rostro.

Y dijo:

—Tengo el olor y aspecto de una rosa.
¡Qué bella es mi nariz, soy tan hermosa!
Contempla mis cabellos tan sedosos
y mis pequeños pies tan primorosos...

Tía Spiker comentó: —¡Bah, mira, amiga,
lo muy gorda que tienes la barriga!

Sponge se puso roja; enfureció.
Y entonces tía Spiker añadió:
—Tú no puedes negar que gano yo.
Contempla mi figura sinuosa,
mis dientes, mi sonrisa tan graciosa.
Ser de tal perfección me hace feliz
(si olvidamos mi grano en la nariz).
¡Oh, qué exquisita soy, es que me adoro!

Tía Sponge le gritó: —¡Tú eres un loro!
Toda huesos y piel; una lombriz
comparada contigo, so infeliz,
sería un prototipo de belleza,
sólo la ganarías en simpleza.
Yo sí que soy preciosa, ¡soy de cine!
Seré una gran actriz, seré una estrella;
en Hollywood me llamarán La Bella,
haré que todo el público alucine,
filmaré unas películas preciosas,
protagonizaré historias grandiosas...

Tía Spiker afirmó con gran desdén:
—Opino que tú harías más que bien
el papel que te va: el de Frankenstein.

El pobre James seguía partiendo leña como un esclavo. El calor era terrible y chorreaba sudor. Le dolían los brazos. El hacha era un objeto enorme, demasiado pesado para ser usado por un niño. Mientras trabajaba, James empezó a pensar en todos los niños del mundo y en lo que estarían haciendo en aquel momento. Algunos montarían en bicicleta por el jardín. Otros estarían paseando por arboledas frescas, recolectando flores silvestres. Y todos sus amigos de otros tiempos estarían en la playa, jugando con la arena y chapoteando en la orilla del mar...

Enormes lagrimones empezaron a brotar de los ojos de James y rodaron por sus mejillas. Dejó de trabajar y se apoyó en el tajo, abrumado por la infelicidad que le rodeaba.

—¿Qué es lo que te pasa? —gritó tía Spiker, mirándole por encima de la montura metálica de sus gafas.

James se echó a llorar.

—¡Deja de llorar inmediatamente y sigue trabajando, pequeña bestia repugnante! —ordenó tía Sponge.

—¡Oh, tía Sponge! —suplicó James—. ¡Y tía Spiker! ¿No podríamos ir, por favor, aunque no fuera más que una vez, en autobús a la playa? No está muy lejos y yo tengo tanto calor y me siento tan terriblemente solo...

—¿Cómo dices, ignorante y perezoso inútil? —berreó tía Spiker.

—¡Dale una zurra! —gritó tía Sponge.

—¡Desde luego que lo haré! —profirió tía Spiker. Miró a James y James le devolvió la mirada con sus grandes ojos temerosos—. Te pegaré más tarde, cuando no haga tanto calor —dijo—. Y ahora lárgate de mi vista, gusano asqueroso, y déjame descansar en paz.

James dio media vuelta y echó a correr. Corrió todo lo rápidamente que pudo hasta el extremo opuesto del jardín, donde se escondió entre los raquíticos y desastrados laureles de los que te hablé. Se tapó la cara con las manos y se puso a llorar desconsoladamente.

Fue en este momento cuando ocurrió la primera cosa de todas, la cosa bastante rara que luego dio lugar a las otras cosas mucho más raras que le sucedieron.

Porque de pronto, justo a sus espaldas, James oyó un movimiento de hojas y al volverse vio a un anciano vestido con un extraño traje de color verde oscuro, que salía de entre los arbustos. Era un hombre de pequeña estatura, pero tenía una enorme cabeza calva y la cara casi oculta tras unas pobladas patillas negras. Se paró a unos tres metros y se quedó mirando seriamente a James, apoyado en su bastón.

Cuando habló, su voz era lenta y chirriante:

—Acércate a mí, pequeño —dijo, señalando a James con el dedo—. Ven aquí y te enseñaré algo maravilloso.

James estaba demasiado asustado como para moverse.

El anciano avanzó, cojeando, un par de pasos, y entonces metió una mano en el bolsillo de la chaqueta y sacó una bolsita de papel blanco.

—¿Ves esto? —susurró, balanceando suavemente la bolsita ante los ojos de James—. ¿Sabes lo que es esto, hijo? ¿Sabes lo que hay dentro de esta bolsita?

Entonces se acercó otro poco, se inclinó hacia adelante y aproximó tanto su cara a la de James que éste pudo notar su respiración en las mejillas. La respiración del anciano olía a moho viejo y a cerrado, igual que el aire de una bodega subterránea.

—Echa una mirada, hijo —dijo, abriendo la bolsa y enseñándosela a James.

En su interior, James vio un montón de cositas verdes que parecían piedrecitas o cristales, del tamaño de un grano de arroz. Eran increíblemente hermosas y tenían un extraño brillo, una especie de cualidad luminosa que las hacía destellar y relucir de una forma maravillosa.

—¡Escúchalas! —susurró el anciano—. ¡Escucha cómo se mueven!

James miró en el interior de la bolsa y pudo comprobar que se notaba un débil murmullo, y también notó que aquellas miles de cositas verdes se movían lenta, muy, muy lentamente, subiéndose unas encima de otras como si estuvieran vivas.

—Hay más poder y magia en estas cositas de aquí que en todo el resto del mundo —dijo el anciano con voz suave.

—Pero... pero... ¿qué son? —murmuró James, encontrando por fin su voz—. ¿De dónde vienen?

—¡Ajá! —susurró el anciano—. ¡Ni te lo imaginas!

Se agachó un poco más y acercó la cara a

la de James, tanto que su nariz rozaba la frente de éste. De pronto dio un salto hacia atrás y empezó a blandir su bastón por encima de la cabeza.

—¡Lenguas de cocodrilo! —gritó—. ¡Mil largas y viscosas lenguas de cocodrilo cocidas en el cráneo de una bruja muerta, durante veinte días y veinte noches, con los ojos de un lagarto! ¡Se añaden los dedos de un mono joven, el buche de un cerdo, el pico de un loro verde, el jugo de un puercoespín y tres cucharadas de azúcar! ¡Se cuece todo durante otra semana y se deja que la luna haga el resto!

Sin más ceremonias, puso la blanca bolsita de papel en la mano de James y dijo:

—¡Ten! ¡Sujétala! ¡Es para ti!

James Henry Trotter estaba allí con la bolsita en la mano y mirando al anciano.

—Y ahora —dijo el anciano—, lo único que tienes que hacer es esto: agarra una jarra grande de agua y mete en ella todas esas cosas verdes. Después, muy lentamente y uno a uno, añade diez pelos de tu cabeza. ¡Eso las excita! ¡Las pone en movimiento! En cuestión de un par de minutos, el agua empezará a espumar y burbujear furiosamente; tan pronto como suceda eso tienes que beberte toda la jarra, de un trago. Y después, hijo, lo sentirás agitarse y hervir en tu estómago, y empezará a salirte vapor por la boca, e inmediatamente después empezarán a suceder cosas maravillosas, cosas fabulosas e increíbles, y nunca más en tu vida volverás a sentirte triste ni desgraciado. Porque tú eres desgraciado, ¿verdad? ¡No digas nada! ¡Lo sé todo! Ahora vete y haz exactamente todo lo que te dije. ¡Y no digas ni una palabra de esto a esas dos horribles tías tuyas! ¡Ni una palabra! ¡Y que no se te escapen las cositas verdes! Porque si se te escapan harán su magia en cualquier otro que no seas tú. Y eso no es lo que tú quieres, ¿verdad? ¡Lo primero que encuentren, ya sea microbio, insecto, animal o árbol, recibirá toda la magia! ¡Así que cuida bien la bolsa! ¡No rompas el papel! ¡Vete! ¡Date prisa! ¡No esperes ni un minuto más! ¡Ahora es el momento! ¡Corre!

A continuación, el anciano dio media vuelta y desapareció entre los arbustos.

Un momento más tarde, James volvía hacia la casa corriendo cuanto podía. Llevaría a cabo toda la operación en la cocina, pensó, si conseguía entrar sin que lo vieran la tía Sponge y la tía Spiker. Estaba terriblemente excitado. Atravesó volando, más que corriendo, la alta hierba y las ortigas, sin preocuparse de sus picaduras, y a lo lejos vio a la tía Sponge y a la tía Spiker sentadas en sus mecedoras, de espaldas a él. Se desvió para evitarlas, con la intención de entrar por el otro lado de la casa, pero de pronto, justo cuando pasaba por debajo del viejo melocotonero que estaba en medio del jardín, uno de sus pies resbaló y cayó de bruces en la hierba. La bolsa de papel se abrió al golpear el suelo y los miles de cositas verdes se desparramaron en todas direcciones.

James se puso a cuatro patas inmediatamente y empezó a buscar sus preciados tesoros. ¿Pero qué era lo que estaba pasando? Se estaban hundiendo en el suelo. Pudo ver perfectamente cómo se revolvían y retorcían al abrirse camino en la dura tierra, y sin pérdida de tiempo estiró la mano para agarrar algunas antes de que fuera demasiado tarde, pero desaparecieron justo debajo de sus dedos. Trató de agarrar otras, pero sucedió exactamente lo mismo. Empezó a gatear frenéticamente en un intento desesperado de agarrar las que todavía quedaban, pero fueron demasiado rápidas para él. Cada vez que las puntas de sus de-

dos estaban a punto de tocarlas desaparecían en el interior de la tierra. Y pronto, en cuestión de segundos, todas, todas sin excepción, habían desaparecido para siempre.

A James le entraron ganas de echarse a llorar. Ya nunca podría recuperarlas, las había perdido, perdido para siempre.

Pero, ¿a dónde habrían ido? ¿Y por qué motivo habían tenido tanta prisa en meterse en la tierra de aquella forma? ¿Qué andarían buscando? Allá abajo no había nada. Nada, excepto las raíces del viejo melocotonero... y un montón de gusanos, ciempiés e insectos que habitaban en la tierra.

¿Qué era lo que había dicho el anciano? «¡El primero que encuentren, ya sea microbio, insecto, animal o árbol, recibirá toda la magia!»

«¡Cielo santo!», pensó James, «¿qué va a pasar ahora si encuentran un gusano? ¿O un ciempiés? ¿O una araña? ¿Y qué pasará si llegan hasta las raíces del melocotonero?»

—¡Levántate inmediatamente, perezosa bestezuela! —gritó de pronto una voz al oído de James. James levantó la cabeza y vio a la tía Spiker que estaba de pie a su lado, ceñuda, alta y huesuda, mirándolo a través de sus anteojos de montura metálica—. ¡Vuelve allá inmediatamente y acaba de cortar aquellos troncos! —ordenó ella.

La tía Sponge, gorda y pulposa como una medusa, apareció resoplando detrás de su hermana para ver qué era lo que sucedía.

—¿Por qué no metemos al niño en un

cubo y le bajamos al pozo y le dejamos allí toda la noche, como castigo? —sugirió—. Eso le enseñará a no andar holgazaneando todo el día por ahí.

—Me parece una idea estupenda, querida Sponge. Pero antes ha de partir la leña. ¡Lárgate inmediatamente de aquí, renacuajo repugnante, y trabaja!

Triste y lentamente, el pobre James se levantó del suelo y se fue a la leñera. ¡Oh, si no se hubiera caído y desparramado aquella maravillosa bolsa! Toda esperanza de una vida más feliz se había desvanecido. Hoy, mañana y al día siguiente y los otros días no habría más que castigos, dolor, infelicidad y desesperación.

Agarró el hacha e iba a empezar a partir leña otra vez cuando oyó un grito a sus espaldas que le hizo detenerse y mirar.

6

—¡Sponge! ¡Sponge! ¡Ven en seguida a ver esto!

—¿El qué?

—¡Un melocotón! —gritó la tía Spiker.

—¿Un qué?

—¡Un melocotón! ¡Allí arriba, en la rama más alta! ¿No lo ves?

—Estás equivocada, querida Spiker. Ese miserable árbol nunca ha dado melocotones.

—Pues ahora tiene uno, Sponge. Comprúebalo por ti misma.

—Me estás tomando el pelo, Spiker. Me estás poniendo la boca hecha agua a propósito, cuando no hay nada que meter en ella. Ese árbol no ha dado nunca una flor, y mucho menos un melocotón. ¿En la rama más alta dices? Sí, veo algo. Tiene gracia… Ja, ja… ¡Cielo santo! ¡Es para partirse! ¡Es cierto que hay un melocotón!

—¡Y además, grande! —dijo la tía Spiker.

—¡Es precioso, precioso! —exclamó la tía Sponge.

James dejó a un lado el hacha, se volvió y miró a las dos mujeres, que estaban debajo del melocotonero.

«Algo está a punto de suceder», se dijo para sus adentros. «Algo raro va a suceder de un momento a otro.» No tenía ni la menor idea de lo que podía ser, pero tenía el convencimiento de que algo iba a suceder pronto. Lo percibía en el aire…, en la súbita calma que se había apoderado del jardín…

James se acercó de puntillas al árbol. Las tías no hablaban. Estaban tan sólo allí, contemplando el melocotón. No se oía ni un sonido, ni

tan siquiera se movía el viento, y en lo alto del cielo azul el sol abrasaba.

—Me parece que está maduro —dijo la tía Spiker, rompiendo el silencio.

—¿Por qué no nos lo comemos entonces? —propuso la tía Sponge, relamiéndose—. Podemos comernos la mitad cada una. ¡Eh, tú! ¡James! ¡Ven aquí inmediatamente y sube al árbol!

James se acercó corriendo.

—Quiero que agarres aquel melocotón que está en la rama más alta —prosiguió la tía Sponge—. ¿Lo ves?

—Sí, tía Sponge, lo veo.

—Y no se te ocurra darle un mordisco. Tu tía Spiker y yo lo queremos comer entre las dos aquí y ahora. ¡Hala! ¡Sube de una vez!

James se aproximó al tronco del árbol.

—¡Alto! —dijo rápidamente la tía Spiker—. ¡No hagáis nada! —estaba mirando hacia lo alto con la boca abierta y los ojos desorbitados como si acabara de ver un fantasma—. ¡Mira! —dijo—. ¡Mira, Sponge, mira!

—¿Qué es lo que te pasa? —inquirió la tía Sponge.

—¡Está creciendo! —exclamó la tía Spiker—. ¡Se está haciendo más y más grande!

—¿Pero qué?

—¡Qué va a ser! ¡El melocotón!

—¡Estás de broma!

—¡Compruébalo tú misma!

—Pero, querida Spiker, eso es totalmente ridículo. Eso es imposible. Eso es... eso es... eso es... No, espera un momento... No... No... No puede ser cierto... No... Sí... ¡Santo cielo! ¡Esa cosa está creciendo de verdad!

—¡Ya es casi el doble de grande! —chilló la tía Spiker.

—¡No puede ser cierto!

—¡Pues es cierto!

—¡Tiene que ser un milagro!

—¡Míralo! ¡Míralo!

—¡Ya lo estoy mirando!

—¡Por todos los santos! —gritó la tía Spiker—. ¡Si incluso puedo ver cómo esa cosa crece y se mueve ante mis propios ojos!

7

Las dos mujeres y el niño estaban totalmente inmóviles bajo el árbol, contemplando
aquel extraordinario fruto. La diminuta cara de
James irradiaba de emoción, sus enormes ojos de
pasmo brillaban como dos estrellas. Veía cómo el
melocotón se iba inflando más y más, igual que
un globo.

¡En medio minuto se puso del tamaño de
un melón!

¡Medio minuto más tarde ya era el doble
de grande!

—¡Oh, mira cómo crece! —gritó la tía
Spiker.

—¡Y no para! —chilló la tía Sponge, accionando con sus gordos brazos y poniéndose a
bailar alrededor.

Y ahora ya era tan grande que parecía
una enorme calabaza amarilla colgada de la punta del árbol.

—¡Sepárate del árbol, niño estúpido!
—berreó la tía Spiker—. ¡Un movimiento cualquiera puede hacerlo caer! ¡Debe pesar por lo
menos diez o quince kilos!

La rama sobre la que crecía el melocotón
empezaba a curvarse más y más a causa del peso.

—¡Échate atrás! —gritó la tía Sponge—. ¡Va a caer! ¡La rama se va a romper!

Pero la rama no se partió. Simplemente se curvaba más y más, conforme el melocotón se hacía más grande y pesado.

Y siguió creciendo y creciendo.

Un minuto más y el enorme fruto era tan grande, redondo y gordo como la propia tía Sponge, y probablemente igual de pesado.

—¡Tiene que parar! —chilló la tía Spiker—. ¡No puede seguir creciendo eternamente!

Pero no se paró.

Pronto era tan grande como un automóvil pequeño y ya estaba a medio camino del suelo.

Las dos tías saltaban y danzaban alrededor del árbol, dando palmas y diciendo montones de tonterías con la emoción.

—¡Hurra! —gritó tía Spiker—. ¡Vaya melocotón! ¡Vaya melocotón!

—¡*Terriblísimo*! —chilló la tía Sponge—. ¡*Magnifiquísimo*! ¡*Esplendifiquísimo*! ¡Menuda comida!

—¡Aún sigue creciendo!

—¡Lo sé! ¡Lo sé!

Pero, volviendo a James, estaba tan hechizado por todo lo que estaba ocurriendo que no podía hacer otra cosa que mirar y murmurar en voz baja:

—¡Oh, es hermosísimo! ¡Es la cosa más hermosa que he visto en mi vida!

—¡Cállate, deslenguado! —exclamó la tía Sponge—. ¡Esto no tiene nada que ver contigo! ¡No te entrometas!

—¡Mira! —exclamó la tía Spiker—. ¡Ahora está creciendo más aprisa! ¡Va más rápido!

—¡Lo veo, Spiker! ¡Lo veo! ¡Lo veo!

El melocotón se hacía más grande, y más grande, y más grande y cada vez más grande.

Finalmente, cuando se hizo tan alto como el árbol que lo sostenía, en realidad tan alto y ancho como una casa pequeña, su parte inferior se apoyó suavemente en el suelo y allí se quedó reposando.

—¡Ahora ya no se puede caer! —chilló la tía Sponge.

—¡Ha dejado de crecer! —exclamó la tía Spiker.

—¡No, no ha dejado!

—¡Sí, sí ha dejado!

—¡Va más lento, Spiker, va más lento! ¡Pero aún no ha parado! ¡Míralo!

Hubo una pausa.

—¡Ahora ha dejado de crecer!

—Creo que tienes razón.

—¿Crees que se podrá tocar?

—No lo sé. Habrá que tener cuidado.

La tía Sponge y la tía Spiker se pusieron a pasear alrededor del melocotón, inspeccionándolo cuidadosamente desde todos los ángulos. Parecían dos cazadores que acabaran de cazar un elefante y no estuvieran seguros de si está vivo o muerto. El enorme y redondo fruto se elevaba tanto por encima de sus cabezas que a su lado parecían enanas de otro planeta.

La piel del melocotón era deliciosa, de un hermoso color amarillo moteada de manchas rosadas y rojas. La tía Sponge avanzó cautelosamente y lo tocó con la punta de un dedo.

—¡Está maduro! —gritó—. ¡Es perfecto! Oye, Spiker, ¿por qué no agarramos una pala y cortamos un trozo para comérnoslo?

—No —dijo la tía Spiker—. Todavía no.

—¿Por qué todavía no?

—Porque lo digo yo.

—¡Pero es que yo no puedo esperar más para comer un poco! —exclamó la tía Sponge.

La boca se le hacía agua y un reguero de saliva le corría por la barbilla.

—Querida Sponge —dijo calmosamente la tía Spiker, haciéndole un guiño a su hermana y sonriendo astutamente con sus delgados labios—, si somos inteligentes y manejamos el asunto con habilidad podemos hacer mucho dinero. Ya lo verás.

La noticia de que un melocotón tan grande como una casa había crecido en el jardín de alguien se propagó como un incendio en un prado seco y al día siguiente un río de gente subió por la agotadora cuesta de la colina para ver el fenómeno.

En seguida, la tía Sponge y la tía Spiker llamaron a unos carpinteros para que levantaran una valla alrededor del melocotón y así ponerlo a salvo de la multitud; al mismo tiempo, aquellas dos taimadas mujeres se plantaron en la entrada de la verja del jardín con un gran taco de entradas, dispuestas a cobrar a todos cuantos quisieran verlo.

—¡Pasen! ¡Pasen! —gritaba la tía Spiker—. ¡Cuesta tan sólo un chelín ver el melocotón gigante!

—¡Media entrada para los niños menores de seis semanas! —gritaba.

—¡De uno en uno, por favor! ¡No empujen! ¡No empujen! ¡Todos podrán verlo!

—¡Eh, tú! ¡Vuelve aquí! ¡Tú no has pagado!

Al mediodía, el lugar era un hervidero de hombres, mujeres y niños empujándose y atropellándose por ver aquel maravilloso fruto. Se acercaban enjambres de helicópteros a la colina, llevando un hervidero de reporteros, fotógrafos y gente de la televisión.

—¡Entrar con una cámara fotográfica cuesta el doble! —gritaba la tía Spiker.

—¡De acuerdo! ¡De acuerdo! —decían ellos—. ¡No me importa!

Y el dinero iba cayendo a puñados a los bolsillos de las dos avariciosas tías.

Pero mientras todo este bullicio tenía lugar, el pobre James había sido obligado a quedarse encerrado en su habitación, mirando a través de los cristales de la ventana a la multitud de gente que hormigueaba abajo en el jardín.

«Ese bruto infame no haría más que estorbar a todo el mundo si lo dejáramos andar suelto por ahí», había dicho la tía Spiker por la mañana.

«¡Oh, por favor!», les había rogado. «Hace años y años que no veo a otros niños, y habrá montones de ellos con los que podría jugar. Y además puedo ayudaros en lo de las entradas.»

«¡Cállate la boca!», había cortado la tía Sponge. «Tu tía Spiker y yo estamos a punto de hacernos millonarias, y lo último que se nos ocurriría sería dejar mezclarse a un gusano como tú en nuestros asuntos para estropearlo todo.»

A última hora, al anochecer del primer día y cuando ya toda la gente se había marchado, las tías abrieron la habitación de James y le man-

daron afuera a recoger las cáscaras de plátano y naranja y los papeles que la multitud había tirado por el suelo.

—Por favor, ¿podría comer algo antes? —rogó—. No he comido nada en todo el día.

—¡No! —le gritaron, echándole fuera—. Estamos demasiado ocupadas para cocinar. ¡Tenemos que contar nuestro dinero!

—¡Pero es que ya es de noche! —sollozó James.

—¡Sal de una vez! —berrearon ellas—. ¡Y no se te ocurra volver sin haber limpiado bien el jardín! —y le cerraron la puerta con llave.

Hambriento y tembloroso, James se vio a la intemperie, sin saber qué hacer. La oscuridad de la noche lo envolvía todo y, en lo alto, una pálida luna llena cabalgaba por el cielo. No se percibía ni un sonido, ni un movimiento en parte alguna.

La mayoría de las personas —y en especial los niños pequeños— tienen miedo de estar fuera de casa bajo la luz de la luna. Todo está tan mortalmente silencioso, y las sombras son tan largas y oscuras, y toman unas formas tan extrañas que parecen moverse cuando se las mira, que el más pequeño ruido de una ramita provoca un sobresalto.

En esos momentos James sentía todo aquello. Miró hacia adelante con los ojos agrandados por el miedo y sin atreverse ni a respirar. No muy lejos, en medio del jardín, veía el gigantesco melocotón que se elevaba por encima de todas las demás cosas. ¿No era hoy más grande, incluso, que nunca? ¡Y qué aspecto tan deslumbrante tenía! La luna parecía complacerse en iluminarlo y sus suaves curvas brillaban, dándole un aspecto de plata y cristal. Parecía una inmensa

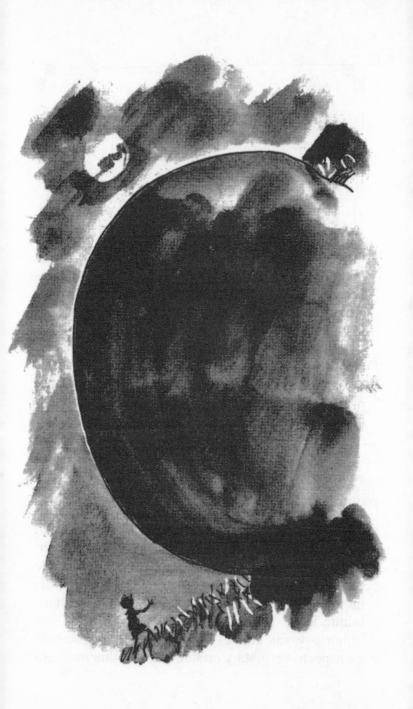

bola de plata reposando sobre la hierba, silenciosa, misteriosa y maravillosa.

Y, de pronto, una especie de escalofríos de emoción empezaron a recorrer la espalda de James.

«Otra cosa», se dijo, «otra cosa más sorprendente que ninguna está a punto de sucederme muy pronto». Estaba seguro de ello. Presentía su llegada.

Miró a su alrededor preguntándose lo que podía ser. El jardín tenía el color plateado de la luna. La hierba estaba húmeda y millones de gotitas de rocío lanzaban destellos diamantinos a sus pies. Y, de pronto, todo aquel lugar, todo el jardín pareció estar mágicamente vivo.

Casi sin saber lo que hacía, como atraído por un potentísimo imán, James Henry Trotter empezó a caminar lentamente hacia el melocotón gigante. Saltó la valla que lo rodeaba y se quedó inmóvil a su lado, contemplando sus enormes curvas. Levantó una mano y lo tocó suavemente con la punta de los dedos. Era suave, cálido y delicado, como la piel de un ratoncillo recién nacido. Se adelantó otro paso y rozó su cara contra la suave piel. Y entonces, mientras estaba haciendo aquello, percibió que justo debajo de él, cerca del suelo, el melocotón tenía un agujero.

10

Era un agujero bastante grande, como el que podría haber hecho un animal del tamaño de un zorro.

James se puso de rodillas delante de él y asomó la cabeza y los hombros.

Y se arrastró hacia el interior.

Siguió reptando.

«Esto no es solamente un agujero», pensó emocionado. «Es un túnel.»

El túnel era húmedo y lóbrego y tenía ese curioso olor agridulce de los melocotones maduros. El suelo estaba encharcado, las paredes estaban húmedas y pegajosas y del techo caían gotas de jugo de melocotón. James abrió la boca y lamió algunas gotas con la lengua. Tenían un sabor delicioso.

Ahora se arrastraba cuesta arriba, como si el túnel condujera hacia el centro del gigantesco fruto. Se paraba cada pocos segundos y daba un mordisco a la pared. La carne del melocotón era dulce y jugosa, increíblemente refrescante.

Siguió arrastrándose unos cuantos metros y, de pronto —*bumba*—, su coronilla golpeó contra algo muy duro que le bloqueaba el camino. Miró. Delante de él había un sólido tabique que en un principio parecía hecho de madera. Lo palpó con los dedos. Sí, parecía de madera, sólo que era rugoso y estaba lleno de profundos surcos.

—¡Cielo santo! —exclamó—. ¡Ya sé lo que es! ¡He llegado al centro del melocotón, al hueso!

Entonces se dio cuenta de que en la pared del hueso había una pequeña puerta. Empujó y abrió. Entró y, antes de tener tiempo de ver dónde estaba, oyó una voz que decía:

—¡Mirad quién está aquí!

Y otra voz dijo:

—¡Te hemos estado esperando!

James se detuvo y miró a los que hablaban, y su rostro palideció de terror.

Intentó ponerse en pie, pero las rodillas le temblaban de tal forma que tuvo que volver a sentarse en el suelo. Miró hacia atrás, pensando si podría escapar por el túnel por el que había venido, pero la puerta había desaparecido. A sus espaldas no había más que una sólida pared.

11

Los ojos desorbitados de pánico de James recorrieron lentamente la estancia.

Las criaturas, algunas sentadas en sillas, otras reclinadas en un sofá, le miraban fijamente.

¿Criaturas?

¿O eran insectos?

Normalmente un insecto es algo bastante pequeño, ¿no? Por ejemplo, un saltamontes es un insecto.

¿Cómo lo llamarías tú si te encontraras con un saltamontes tan grande como un perro? Tan grande como un perro grande. No creo que lo llamaras insecto, ¿no es cierto?

Había un Viejo Saltamontes Verde, tan grande como un perro grande, justo enfrente de donde estaba James.

Y al lado del Viejo Saltamontes Verde había una Araña enorme.

Y al lado de la Araña había una gigantesca Mariquita con nueve pintas negras sobre su rojo caparazón.

Cada uno de ellos ocupaba una magnífica silla.

Sobre el sofá cercano, reclinados confortablemente y encorvados, había un Ciempiés y un Gusano.

En el suelo, en el rincón más alejado, había algo grueso y blanco que daba la impresión de ser un Gusano de Seda. Pero dormía profundamente y nadie le prestaba mayor atención.

Todas aquellas «criaturas» eran casi del tamaño del propio James, y bajo la extraña luz verdosa que alumbraba desde algún lugar del techo ofrecían un espectáculo pavoroso.

—¡Tengo hambre! —proclamó de pronto la Araña, mirando fijamente a James.

—¡Yo estoy desfallecido! —exclamó el Viejo Saltamontes Verde.

—¡Yo también! —chilló la Mariquita.

El Ciempiés se enderezó algo en el sofá.

—¡Todos estamos hambrientos! —dijo—. ¡Necesitamos comida!

Cuatro pares de ojos redondos, negros y vidriosos contemplaban a James.

El Ciempiés hizo un movimiento serpenteante con el cuerpo, como si fuera a bajar del sofá..., pero no lo hizo.

Hubo una larga pausa... y un largo silencio.

La Araña (que, además, era una araña hembra) abrió la boca y paseó su negra lengua por los labios.

—¿Tú no tienes hambre? —preguntó repentinamente, dando un paso adelante y dirigiéndose a James.

El pobre James retrocedió hasta la pared temblando de miedo y demasiado asustado como para responder.

—¿Qué te pasa? —preguntó el Viejo Saltamontes Verde—. ¡Pareces enfermo!

—Parece que va a desmayarse de un momento a otro —dijo el Ciempiés.

—¡Oh, cielos, pobrecito! —dijo la Mariquita—. ¡Me parece que se ha creído que nos lo queremos comer a él!

Se oyó una estruendosa carcajada que retumbó en la estancia.

—¡Oh, pobre! ¡Pobrecillo! —dijeron todos—. ¡Qué idea tan horrible!

—No tienes por qué temer nada —dijo dulcemente la Mariquita—. Jamás se nos ocurriría hacerte daño. Ahora eres uno de los nuestros, ¿no lo sabías? Perteneces a la tripulación. Estamos todos embarcados en el mismo barco.

—Te hemos estado esperando todo el día —dijo el Viejo Saltamontes Verde—. Ya creíamos que no vendrías, y nos alegramos de que lo hayas hecho.

—¡Alegra esa cara, chico, alegra esa cara! —dijo el Ciempiés—. Oye, ¿quieres acercarte y ayudarme a quitarme las botas? Yo solo tardo horas en quitármelas.

12

James decidió que aquél no era el momento más apropiado para ser desagradable; atravesó la habitación hacia donde estaba el Ciempiés y se arrodilló a su lado.

—Muchísimas gracias —dijo el Ciempiés—. Eres muy amable.

—Tienes muchas botas —musitó James.

—Tengo un montón de patas —replicó el Ciempiés, orgulloso—. Y un montón de pies. Cien, para ser exacto.

—¡Ya está otra vez! —exclamó el Gusano, que abría la boca por primera vez para decir algo—. ¡Es incapaz de dejar de mentir sobre sus pies! ¡No tiene cien ni nada que se le parezca! ¡Tiene solamente cuarenta y dos! Lo que pasa es que la mayoría de la gente no se toma la molestia de contárselos y se creen lo que él les dice. Además, no es algo tan maravilloso, Ciempiés, el tener un montón de patas.

—Pobre tipo —dijo el Ciempiés, susurrando al oído de James—. Es ciego y no puede ver mi elegante apariencia.

—En mi opinión —dijo el Gusano—, lo realmente maravilloso es no tener pies y sin embargo poder andar.

—¿Llamas andar a eso? —gritó el Ciempiés—. ¡Tú eres un reptil, eso es lo que eres! ¡Lo que haces es reptar!

—Me deslizo —dijo orgulloso el Gusano.

—Eres un bicho viscoso —replicó el Ciempiés.

—No soy un bicho viscoso —dijo el Gusano—. Soy una criatura útil y muy apreciada. Pregúntale a cualquier jardinero. Y en cuanto a ti...

—¡Yo soy una plaga! —proclamó el Ciempiés, sonriendo ampliamente, y miró alrededor, como esperando aprobación.

—Está tan orgulloso de eso —dijo la Mariquita, sonriéndole a James—. Y que me aspen si comprendo por qué.

—¡Yo soy la única plaga de esta habitación! —gritó el Ciempiés, sin perder la sonrisa—. A menos que se cuente con el Viejo Saltamontes Verde. Pero ya se le ha pasado la edad. Ahora es demasiado viejo para ser una plaga.

El Viejo Saltamontes Verde volvió sus grandes ojos hacia el Ciempiés y le miró socarronamente.

—Jovencito —dijo con su voz profunda y burlona—, yo no he sido una plaga en mi vida. Yo soy un músico.

—¡Escuchad, escuchad! —dijo la Mariquita.

—James —dijo el Ciempiés—. Te llamas James, ¿no es así?

—Sí.

—Pues bien, James, ¿has visto alguna vez en tu vida un Ciempiés tan colosal como yo?

—A decir verdad, no —respondió James—. ¿Cómo has conseguido llegar a ser así?

—Fue algo muy raro —dijo el Ciempiés—. Muy, muy raro. Te contaré lo sucedido. Paseaba yo a mi aire por el jardín, debajo del melocotonero, cuando de pronto una extraña cosita verde me pasó por delante de las narices. Era de un color verde brillante y extraordinariamente hermosa, tenía la apariencia de una piedra o de un cristal...

—¡Oh, ya sé lo que era! —exclamó James.

—¡A mí me pasó lo mismo! —dijo la Mariquita.

—¡Y a mí! —dijo la Araña—. ¡De pronto aparecieron cositas verdes por doquier! ¡El suelo estaba lleno de ellas!

—¡Yo me he comido una! —afirmó orgulloso el Gusano.

—¡Yo también! —dijo la Mariquita.

—¡Y yo me he tragado tres! —gritó el Ciempiés—. ¿Quién es el que está contando la historia? ¡No me interrumpáis!

—Ya es demasiado tarde para andar contando historias —dijo el Viejo Saltamontes Verde—. Es hora de irse a dormir.

—¡Yo me niego a dormir con las botas puestas! —grito el Ciempiés—. ¿Cuántas faltan, James?

—Creo que ya te he quitado unas veinte —le dijo James.

—Entonces quedan ochenta —dijo el Ciempiés.

—¡Veintidós, no ochenta! —chilló el Gusano—. Ya está mintiendo otra vez.

El Ciempiés se desternillaba de risa.

—Deja de tomarle el pelo al Gusano —dijo la Mariquita.

Aquello provocó convulsiones de risa al Ciempiés:

—¿Qué pelo le estoy tomando? Dime, ¿qué pelo?

A James le gustaba bastante el Ciempiés. Indudablemente era un granuja, pero para él significaba un cambio enorme el oír reír a alguien. En todo el tiempo que llevaba viviendo con ellas nunca había oído reír a la tía Sponge ni a la tía Spiker.

—Bueno, tenemos que irnos a la cama —dijo el Viejo Saltamontes Verde—. Mañana nos espera un día de mucho ajetreo. ¿Quiere ser usted tan amable de hacernos las camas, señorita Araña?

13

Unos minutos más tarde, la Araña ya había hecho la primera cama. Colgaba del techo, suspendida por una cuerda trenzada a cada extremo, por lo que en realidad más parecía una hamaca que una cama. Pero era preciosa y el material del que estaba hecha brillaba, bajo la pálida luz, como la seda.

—Espero que la encuentre cómoda —dijo la Araña al Viejo Saltamontes Verde—. La he hecho tan suave y sedosa como he podido. Está tejida con una telaraña finísima, de mucha mejor calidad que la que utilizo para mi propio nido.

—Gracias, muchísimas gracias, mi querida señorita —dijo el Viejo Saltamontes Verde, subiéndose a la hamaca—. Oh, esto es exactamente lo que necesitaba. Buenas noches a todos. Muy buenas noches.

Seguidamente, la Araña tejió otra hamaca y la Mariquita se acostó en ella.

—¿Y tú, cómo quieres tu cama? —le preguntó a James al llegar su turno—. ¿Dura o blanda?

—Me gustaría blanda, muchas gracias —respondió James.

—¡Por todos los cielos, déjate de andar por ahí de cháchara y quítame las botas! —dijo el Ciempiés—. Si sigues así no nos va a quedar mucho tiempo para dormir. Por favor, alínealas por pares según las vas quitando. No las tires de cualquier manera.

James se puso a trabajar a toda prisa con las botas del Ciempiés. Todas estaban atadas con lazadas que había que deshacer antes de poderlas quitar y, para complicar más las cosas, las lazadas estaban anudadas de la forma más complicada que uno imaginarse pueda. Era un trabajo pesadísimo que le llevó por lo menos dos horas. Y cuando James acabó con la última bota, y después de haber alineado los pares en el suelo —veintiún pares, exactamente—, el Ciempiés estaba ya profundamente dormido.

—Despierta, Ciempiés —susurró James, tocándole suavemente con el dedo en la barriga—. Es hora de irse a la cama.

—Te estoy muy agradecido, hijo —dijo el Ciempiés, abriendo los ojos.

Después bajó del sofá, cruzó lentamente la habitación y se subió a su hamaca. James se metió en la suya... ¡Y qué cómoda y suave era, comparada con las duras tablas desnudas en que siempre le obligaban a dormir sus tías!

—¡Apaga la luz! —dijo el Ciempiés con voz adormecida.

No sucedió nada.

—¡Apaga esa luz! —volvió a repetir, elevando la voz.

James recorrió la habitación con la vista, preguntándose a quién se dirigía el Ciempiés, pero todos estaban profundamente dormidos. El Viejo Saltamontes Verde roncaba ruidosamente. La Mariquita producía unos sonidos sibilantes al respirar, y el Gusano estaba enroscado como un muelle. En cuanto a la Araña, se había construido un nido precioso en uno de los rincones de la habitación y James la vio acurrucada en el centro, murmurando suavemente algo entre sueños.

—¡Te he dicho que apagues la luz! —gritó el Ciempiés, furioso.

—¿Hablas conmigo? —le preguntó James.

—¡Claro que no te hablo a ti, no seas tonto! —respondió el Ciempiés—. ¡Ese chalado del Gusano de Luz se ha quedado dormido con la luz encendida!

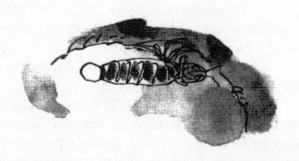

Por primera vez desde que entró en la habitación, James miró al techo... y allí vio algo extraordinario. Algo parecido a una gran mosca sin alas (medía casi un metro) descansaba cabeza abajo, sujeto con sus seis patas en el centro del techo, y el extremo del rabo de aquella criatura parecía estar en llamas. Una potente luz verdosa, brillante como la más brillante bombilla eléctrica, salía de su cola, iluminando toda la estancia.

—¿Es eso un Gusano de Luz? —preguntó James, mirando a la luz—. A mí no me parece que sea un gusano de ningún tipo.

—Claro que es un Gusano de Luz —respondió el Ciempiés—. Por lo menos así se llama a sí mismo. Aunque en realidad tienes razón. No es ningún gusano. Los Gusanos de Luz no son gusanos. Son simplemente luciérnagas sin alas. ¡Tú, bestia perezosa, despierta!

Pero el Gusano de Luz ni se inmutó; entonces el Ciempiés se asomó desde la hamaca y agarró una de sus botas del suelo.

—¡Apaga esa condenada luz! —gritó, al tiempo que lanzaba la bota contra el techo.

El Gusano de Luz abrió lentamente un ojo y se quedó mirando al Ciempiés:

—No hay necesidad de que te portes como un grosero —dijo con toda la calma—. Cada cosa a su tiempo.

—¡Venga, venga, muévete! —gritó el Ciempiés—. ¡O la apagaré yo por ti!

—¡Oh, James, hola! —dijo el Gusano de Luz, mirando hacia abajo y saludando, sonriente, a James—. No te he visto llegar. Bienvenido, querido, bienvenido. ¡Y buenas noches!

Entonces, ¡clic!…, y se apagó la luz.

James Henry Trotter se quedó a oscuras, con los ojos inmensamente abiertos, escuchando los extraños sonidos que hacían, en sueños, aquellas «criaturas» que le rodeaban y preguntándose lo que le reservaría la mañana siguiente. Empezaban a gustarle mucho sus nuevos amigos. No eran tan terribles como parecían. En realidad, ni tan siquiera eran terribles. Parecían ser de lo más cariñoso y atento, a pesar de todos los gritos e insultos que se decían entre ellos.

—Buenas noches, Viejo Saltamontes Verde —musitó—. Buenas noches, Mariquita... Buenas noches, Araña...

Pero antes de poder llegar a despedirse de todos ellos se había quedado profundamente dormido.

14

—¡Partimos! —gritó alguien—. ¡Por fin partimos!

James se despertó sobresaltado y miró a su alrededor. Las criaturas ya se habían levantado y se movían agitadas por la habitación. De pronto el suelo sufrió una violenta sacudida, como si se estuviera produciendo un terremoto.

—¡Nos vamos! —gritó el Viejo Saltamontes Verde, saltando emocionado—. ¡Agarraos fuerte!

—¿Qué sucede? —gritó James, saltando de la hamaca—. ¿Qué es lo que está pasando?

La Mariquita, que evidentemente era una criatura dulce y amable, se acercó a él.

—Por si no lo sabías —dijo—, estamos a punto de abandonar para siempre esta horrible colina, en la que hemos vivido tanto tiempo. Estamos a punto de salir rodando a bordo de este enorme y hermosísimo melocotón hacia un país de... de... de... hacia un país de...

—¿De qué? —preguntó James.

—Es igual —dijo la Mariquita—. Ningún sitio puede ser peor que esta desolada colina y esas dos repulsivas tías tuyas.

—¡Escuchad! —gritaron todos—. ¡Escuchad!

—Quizá no lo hayas notado —prosiguió la Mariquita—, pero todo este jardín, aun antes de llegar a la cima de la colina, es una cuesta muy pronunciada. Y lo único que ha impedido que el melocotón saliera rodando ya hace tiempo es el grueso rabo que lo sujeta al árbol. ¡Cortamos el rabo, y allá vamos!

—¡Fijaos! —gritó la Araña, cuando la habitación sufrió otra violenta sacudida—. ¡Ya partimos!

—¡Todavía no! ¡Todavía no!

—En estos momentos —prosiguió la Mariquita— nuestro Ciempiés, que tiene unas mandíbulas afiladas como una hoja de afeitar, está encima del melocotón mordiendo el rabo para cortarlo. Ya casi debe haber terminado, a juzgar por las sacudidas. ¿Quieres meterte debajo de mis alas para no lastimarte cuando empecemos a rodar?

—Eres muy amable —dijo James—, pero no creo que sea necesario.

En ese momento el Ciempiés asomó la cabeza por un agujero del techo, sonriendo, y gritó:

—¡Lo he conseguido! ¡Nos vamos!

—¡Nos vamos! —gritaron los otros—. ¡Nos vamos!

—¡Empieza el gran viaje! —gritó el Ciempiés.

—Quién sabe dónde acabará —murmuró el Gusano—. Siendo cosa tuya no puede acabar bien.

—Tonterías —dijo la Mariquita—. Estamos a punto de visitar los lugares más maravillosos y ver las cosas más fantásticas. ¿No crees, Ciempiés?

—¡No sabemos lo que veremos! —exclamó el Ciempiés.

Veremos quizá al monstruo de la nieve,
el de muchas cabezas: treinta y nueve.
El que estornuda y tiene tantos mocos
que cinco mil pañuelos le son pocos.

O veremos al vil Scrunch moteado,
el que se zampa a un hombre de un bocado.
Engulle a mediodía una docena
y guarda dos o tres para la cena.

¿Veremos un dragón? Bueno, ¿quién sabe?
O quizá un unicornio de piel suave.
O un gigante tremendo y melenudo,
y hasta puede que hallemos más de uno.

Veremos quizá a Clueca, la gallina,
que es gentil y educada, que es tan fina,
y que pone en sus huevos tal fiereza
que explotan y te vuelan la cabeza.

Veremos quizá un ñú, quizá un bisonte
o quizá algún bestial rinoceronte
que nos clave su cuerno en la rodilla
y nos lo saque por la coronilla.

Y es posible también que nos perdamos,
que de hambre, de frío y sed muramos.
O que lleguemos a un país remoto
y allí nos despachurre un terremoto.

Pero ¿qué nos importa? Al fin nos vamos,
lejos de esta colina nos largamos
y a esas brujas de horror y pesadilla
las dejamos atrás ¡hechas tortilla!

Un segundo más tarde… lenta, imperceptiblemente, casi con delicadeza, el gran melocotón empezó a ponerse en movimiento. La habitación perdió la vertical y todos los muebles se deslizaron por el suelo y fueron a estrellarse contra la pared. Lo mismo les sucedió a James y la Mariquita, al Viejo Saltamontes Verde, a la Araña, al Gusano y al Ciempiés, que acababa de bajar al interior.

15

En aquel momento, la tía Sponge y la tía Spiker acababan de ocupar su puesto en la verja de la entrada del jardín, con un taco de entradas cada una, y ya se veían algunos visitantes madrugadores que empezaban a subir a la colina para ver el melocotón.

—Seguro que hoy haremos una fortuna —estaba diciendo la tía Spiker—. ¡Mira la gente que empieza a venir!

—Me pregunto qué le habrá sucedido a ese horrible niño la noche pasada —dijo la tía Sponge—. No le he oído volver, ¿y tú?

—Seguramente se cayó en la oscuridad y se rompió una pierna —dijo la tía Spiker.

—O a lo mejor el cuello —dijo la tía Sponge esperanzada.

—Espera a que le eche mano —dijo la tía Spiker blandiendo una vara—. Cuando haya acabado con él no le van a quedar más ganas de pasarse toda la noche fuera. ¡Oh, cielo santo! ¿Qué ruido es ése?

Las dos mujeres se dieron la vuelta para mirar.

El ruido, claro, había sido producido por el melocotón gigante al aplastar la valla que habían levantado a su alrededor, y ahora, aumentando su velocidad segundo a segundo, se acercaba rodando por el jardín hacia donde estaban la tía Sponge y la tía Spiker.

Se quedaron boquiabiertas. Chillaron. Echaron a correr, aterrorizadas. Se atropellaron. Empezaron a empujarse y forcejear, no pensando más que en salvarse a sí mismas. La tía Sponge, la gorda, tropezó con la caja que había traído para echar el dinero y cayó de bruces. La tía Spiker tropezó con ella y se cayó encima. Estaban las dos en el suelo, peleándose, tirándose de los pelos y chillando histéricamente, intentando po-

nerse en pie de nuevo, pero antes de que pudieran conseguirlo el colosal melocotón se les vino
encima.

Se oyó un crujido.

Y todo quedó en silencio.

El melocotón siguió rodando. Y tras él, la
tía Sponge y la tía Spiker quedaron planchadas
sobre la hierba, tan lisas, planas y sin vida como
dos siluetas de papel recortadas de un libro.

16

El melocotón ya estaba fuera del jardín y rodaba por la ladera de la colina, girando y dando tumbos por la empinada cuesta. Corría más, más y más, y las miles de personas que subían por la cuesta, al ver venir de pronto aquella monstruosidad, arrollándolo todo a su paso, empezaron a gritar y se desperdigaron en todas direcciones.

Al llegar a la base de la montaña atravesó la carretera echando abajo un poste telegráfico y aplastando dos coches que estaban aparcados.

Después atravesó, en su alocada carrera, veinte sembrados, derribando y destrozando las cercas. Pasó por entre un rebaño de hermosas vacas Jersey y a continuación dispersó un rebaño de ovejas, cruzó un picadero de caballos y una piara de cerdos, dejando por toda la comarca un enjambre de animales que corrían enloquecidos en todas direcciones.

El melocotón seguía rodando a toda velocidad, sin dar muestras de ir a detenerse, y un par de kilómetros más adelante llegó a un pueblo.

Corrió por la calle principal, haciendo que los paseantes tuvieran que esconderse apresuradamente a derecha e izquierda, y al llegar al final de la calle atravesó, destrozándola, la puerta de un gran edificio y salió por la parte de atrás, dejando dos enormes boquetes en los muros.

Resulta que este edificio era una famosa fábrica de chocolate y, casi inmediatamente, empezó a salir por los boquetes un río de chocolate derretido y caliente. Un minuto más tarde, aquella pegajosa pasta marrón corría por todas las calles del pueblo, metiéndose por debajo de las puertas de las casas, en las tiendas y en los jardines. Los niños chapoteaban en ella, felices, y algunos incluso intentaban nadar, pero todos chupaban y comían a dos carrillos.

Pero el melocotón siguió corriendo a través de los campos, dejando tras de sí un rastro de destrucción. Establos, rediles, corrales, graneros, cabañas, almiares, todo lo que encontraba a su paso saltaba por los aires como un juego de bolos. Un señor que estaba tranquilamente pescando en un riachuelo se quedó sin la caña al pasar el melocotón, y pasó tan cerca de una señora que se llama Daisy Entwistle, que le raspó la piel de la nariz.

¿No pararía nunca?

¿Por qué iba a hacerlo? Un objeto esférico rueda y rueda sin parar si se encuentra en un terreno inclinado, y en este caso toda la comarca era una bajada hasta el mar..., aquel mismo mar al que James había rogado a sus tías que le llevaran, justo el día anterior.

Bueno, a lo mejor ahora tenía la oportunidad de verlo. El melocotón se iba acercando a él

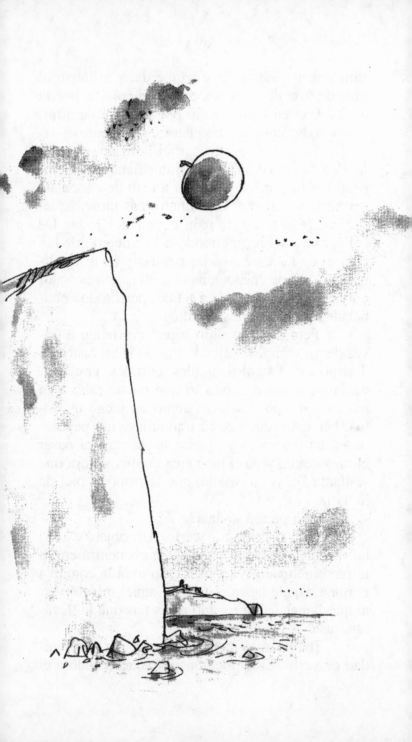

segundo a segundo, y también se acercaba a los altísimos acantilados blancos que costeaban el mar.

Estos acantilados son los más famosos de Inglaterra y su altura es de decenas de metros. El mar que los bate es profundo, frío y hambriento. Muchos barcos han sido tragados, perdiéndose para siempre, en esta parte de la costa, pereciendo también las tripulaciones. El melocotón ya sólo estaba a unos cien metros del acantilado... ahora a cincuenta... ahora a veinte... ahora a diez... ahora a cinco... y cuando llegó al borde del acantilado dio la impresión de que saltaba hacia el cielo, y se quedó suspendido durante unos segundos, todavía girando sobre sí mismo.

Entonces empezó a caer...

Abajo...

Abajo...

Abajo...

Abajo...

Abajo...

¡SPLAS! se zambulló en el agua con un gran chapoteo y se hundió como una piedra.

Pero a los pocos segundos volvió a emerger, y esta vez se quedó flotando tranquilamente sobre la superficie del agua.

17

En aquellos momentos, la escena del interior del melocotón era un caos indescriptible. James Henry Trotter estaba caído en el suelo de la habitación, baqueteado y aturdido, en medio de una gran maraña formada por el Ciempiés, el Gusano, la Araña, la Mariquita, el Gusano de Luz y el Viejo Saltamontes Verde. En toda la historia del mundo no hubo viajero que tuviera un viaje peor que el de aquellas infortunadas criaturas. Había empezado muy bien, entre risas y bromas, y durante los primeros segundos, mientras el melocotón iniciaba su andadura, a nadie le importó el ser sacudido un poquito. Y cuando hizo ¡BUMBA!, y el Ciempiés gritó:

—¡*Eso* era la tía Sponge!

Y luego ¡BUMBA! otra vez, y:

—¡*Eso* fue la tía Spiker!

Hubo risas y felicitaciones.

Pero tan pronto como el melocotón salió del jardín y empezó a rodar por la empinada cuesta, dando tumbos y girando furiosamente cuesta abajo, entonces aquello se convirtió en una pesadilla. James se vio lanzado contra el techo, después contra el suelo, luego a un lado, luego a otro, arriba, abajo, de un lado a otro, y al mismo tiempo las demás criaturas eran zarandeadas de la misma forma, igual que las sillas y los sofás, por no citar también las cuarenta y dos botas del Ciempiés. Todo y todos eran agitados como si fueran garbanzos dentro de una lata sacudida por un gigante loco que no quisiera parar nunca. Para empeorar la situación, el sistema de iluminación del Gusano de Luz se averió y la habitación se quedó en la más completa oscuridad. Se oían protestas, chillidos, maldiciones y gritos de dolor, y todo siguió dando vueltas y más vueltas. En una ocasión James consiguió agarrarse fuertemente a dos gruesas barras que sobresalían de la pared, pero resultó que eran dos de las patas del Ciempiés.

—¡Suéltame, idiota! —gritó el Ciempiés.

Y James salió despedido a través de la habitación, para ir a caer en el córneo regazo del Viejo Saltamontes Verde.

En un par de ocasiones se enredó en las patas de la Araña (algo bastante desagradable), y cerca del final del viaje, el pobre Gusano, que se movía como si fuera un látigo cada vez que era lanzado de un lado a otro de la habitación, se enroscó aterrorizado alrededor del cuerpo de James y se negó a desenroscarse.

¡Sí, fue un viaje de lo más terrible y peligroso!

Pero ya había pasado todo y la habitación quedó en silencio. Todos empezaron lenta y dolorosamente a liberarse de la maraña de brazos y patas de los demás compañeros.

—¡Luz! ¡Queremos luz! —gritó el Ciempiés.

—¡Sí! —gritaron todos—. ¡Luz! ¡Encended la luz!

—Eso es lo que estoy intentando —respondió el pobre Gusano de Luz—. Estoy haciendo todo lo posible. Tened un poco de paciencia.

Todos esperaron en silencio.

Entonces una débil luz verdosa empezó a brillar en la cola del Gusano de Luz, y poco a

poco fue aumentando hasta que alumbró lo suficiente como para iluminar de nuevo la habitación.

—¡Bonito viaje! —dijo el Ciempiés cruzando renqueante la habitación.

—¡Ya nunca volveré a ser el mismo! —musitó el Gusano.

—Ni yo —dijo la Mariquita—. Me ha quitado años de vida.

—¡Pero mis queridos compañeros! —exclamó el Viejo Saltamontes Verde, animoso—. ¡Si ya estamos aquí!

—¿Dónde? —preguntaron los otros—. ¿Dónde? ¿Dónde es aquí?

—No lo sé —dijo el Viejo Saltamontes Verde—. Pero juraría que estamos en algún sitio estupendo.

—Lo más probable es que nos encontremos en el fondo de una mina de carbón —dijo el Gusano, sombrío—. En el último momento caímos de pronto y estuvimos cayendo, cayendo y cayendo. Lo noté en mi estómago y aún lo noto.

—A lo mejor nos encontramos en medio de un país hermosísimo lleno de música y canciones —dijo el Viejo Saltamontes Verde.

—O cerca de la playa —se apresuró a decir James—, con montones de niños con los que jugar.

—Perdonad un momento —musitó la Mariquita, poniéndose un poco pálida—, pero tengo la impresión, casi la certeza, de que nos estamos meciendo arriba y abajo.

—¿Meciéndonos arriba y abajo? —exclamaron los otros—. ¿Qué quieres decir con eso?

—Lo que pasa es que aún estás mareada del viaje —le dijo el Viejo Saltamontes Verde—. Te pondrás bien en seguida. ¿Estáis todos listos para subir a echar un vistazo?

—¡Sí, sí! —dijeron todos a coro—. ¡Vamos! ¡Vamos!

—Me niego a presentarme ante nadie descalzo —dijo el Ciempiés—. Antes tengo que ponerme las botas.

—¡Por el amor de Dios, no empecemos otra vez con esas tonterías! —protestó el Gusano.

—Echémosle todos una mano al Ciempiés y así acabará antes —propuso la Mariquita—. Vamos.

Todos se pusieron a la tarea, excepto la Araña, que se dedicó a tejer una larga escala de cuerda que llegara desde el suelo hasta el techo. Muy sabiamente, el Viejo Saltamontes Verde había dicho que no debían arriesgarse a salir por la puerta lateral porque no sabían a dónde daba, y que lo primero que debían hacer era subir a la parte de arriba del melocotón y echar un vistazo.

Así pues, media hora más tarde, cuando la escala estuvo terminada y colgada, y después de haber puesto la cuadragésima segunda bota en el cuadragésimo segundo pie del Ciempiés, estaban todos listos para salir. Entre la emoción y los gritos de «¡Ahí vamos, chicos!», «¡La tierra prometida!», «¡La impaciencia me devora!», uno a uno fueron subiendo por la escalera hacia el húmedo y oscuro túnel del techo, que ascendía casi vertical.

18

Un minuto más tarde estaban todos respirando el aire libre, en la parte más alta del melocotón, al lado del rabo, parpadeando a causa de la fuerte luz del sol y mirando, nerviosos, alrededor.

—¿Qué ha pasado?

—¡Pero esto es imposible!

—¡Increíble!

—¡Terrible!

—Ya os había dicho yo que nos mecíamos arriba y abajo —dijo la Mariquita.

—¡Estamos en medio del mar! —exclamó James.

Y así era. La fuerza del viento y de las corrientes había arrastrado con tanta rapidez al melocotón que ya no se divisaba tierra. A su alrededor no se veía más que el vasto y negro océano, profundo y devorador. Pequeñas olas salpicaban los costados del melocotón.

«¿Cómo habrá podido suceder esto?», se preguntaron todos. «¿Dónde están los campos? ¿Dónde están los bosques?¿Dónde está Inglaterra?» Nadie, ni tan siquiera James, se podía explicar cómo demonios había podido suceder una cosa así.

—Damas y caballeros —dijo el Viejo Saltamontes Verde, tratando de disimular el miedo y la sorpresa en su voz—, tengo la ligera impresión de que nos encontramos en una situación un tanto comprometida.

—¡Comprometida! —exclamó el Gusano—. ¡Mi querido Viejo Saltamontes Verde, estamos acabados! ¡Todos y cada uno de nosotros pereceremos! ¡Es posible que sea ciego, pero eso es algo que puedo ver muy claramente!

—¡Quitadme las botas! —gritó el Ciempiés—. ¡No puedo nadar con botas!

—¡Yo no sé nadar! —chilló la Mariquita.

—Ni yo —sollozó el Gusano de Luz.

—Yo tampoco —dijo la Araña—. Ninguno de nosotros tres sabe dar ni tres brazadas.

—Pero si no hay que nadar —dijo James sin perder la calma—. Estamos flotando tranquilamente. Y tarde o temprano tiene que pasar un barco que nos recoja.

Todos se le quedaron mirando asombrados.

—¿Estás seguro de que no nos hundiremos? —preguntó la Mariquita.

—Claro que estoy seguro —respondió James—. Podéis comprobarlo por vosotros mismos.

Todos se asomaron por un lado del melocotón y miraron al agua.

—Parece que el chico tiene bastante razón —dijo el Viejo Saltamontes Verde—. Flotamos tranquilamente. Todo se arreglará al final.

—¡Eso es una tontería! —chilló el Gusano—. ¡No hay nada que se arregle al final, y tú lo sabes muy bien!

—Pobre Gusano —susurró la Mariquita al oído de James—. Le gusta que todo acabe en desastre. Odia ser feliz. Solamente es feliz cuando está triste. ¿No es extraño? Sin embargo, creo que el hecho de ser un Gusano de tierra es más que suficiente para deprimir a cualquiera, ¿no te parece?

—Si el melocotón no se hunde —estaba diciendo el Gusano— y no nos ahogamos, entonces nos moriremos de hambre. ¿Os dais cuenta de que no hemos comido nada desde ayer por la mañana?

—¡Caray, tiene razón! —exclamó el Ciempiés—. ¡Por una vez en la vida, el Gusano tiene razón!

—Claro que tengo razón —dijo el Gusano—. Y es más, no creo que por aquí encontremos mucho que comer. Adelgazaremos y adelgazaremos, y nos entrará sed, y moriremos de una muerte lenta y pavorosa, por el hambre. Noto cómo empiezo a consumirme por falta de alimento. En mi opinión, casi creo que es mejor ahogarse.

—¡Pero por el amor de Dios! ¿Es que estás ciego? —dijo James.

—¡Sabes perfectamente que sí! ¡No tienes por qué andármelo repitiendo!

—Lo siento —dijo James apresuradamente—. No era mi intención ofenderte, ¿pero es que no ves que...?

James respiró profunda y lentamente.

—¿Ver? —chilló el pobre Gusano—. ¿Cómo voy a ver si soy ciego?

—¿No te das cuenta de que tenemos comida suficiente para aguantar semanas y semanas? —dijo James pacientemente.

—¿Dónde? —dijeron los otros—. ¿Dónde?

—¡Pues el melocotón! ¡Nuestro barco está hecho de comida!

—¡Por Josafat! —exclamaron—. ¡No habíamos pensado en eso!

—Mi querido James —dijo el Viejo Saltamontes Verde poniendo, afectuosa, una de sus patas delanteras en el hombro de James—, no sé lo que haríamos sin ti. Eres tan inteligente. ¡Se-

ñoras y caballeros, hemos vuelto a ser salvados!

—¡Ni mucho menos! —dijo el Gusano—. ¡Estáis completamente locos! ¡No podemos comernos el barco! ¡Es lo único que nos mantiene a flote!

—¡Si no lo hacemos moriremos de hambre! —dijo el Ciempiés.

—¡Y si lo hacemos moriremos ahogados! —chilló el Gusano.

—¡Oh, cielos, cielos! —dijo el Viejo Saltamontes Verde—. ¡Ahora estamos peor que antes!

—¿No podríamos comer aunque no fuera más que un poquito? —preguntó la Araña—. Tengo hambre.

—Puedes comer cuanto quieras —le respondió James—. Nos llevaría semanas y semanas y semanas el hacer mella en este enorme melocotón. ¿No os dais cuenta?

—¡Cielo santo, vuelve a tener razón! —gritó el Viejo Saltamontes Verde, aplaudiendo—. ¡Claro que nos llevaría semanas y semanas! ¡Claro! Pero no empecemos a llenar la cubierta de agujeros. Creo que será mejor empezar a comer del pasadizo por el que hemos subido.

—Es una idea excelente —dijo la Mariquita.

—¿Por qué estás tan mustio, Gusano? —preguntó el Ciempiés—. ¿Qué es lo que te preocupa?

—Me preocupa... —dijo el Gusano—, me preocupa..., bueno, me preocupa no tener preocupaciones.

Todos se echaron a reír.

—¡Anímate, Gusano! —le dijeron—. ¡Vamos a comer!

Y se fueron al túnel y empezaron a arrancar trozos de la jugosa y amarilla pulpa del melocotón.

—¡Oh, es maravilloso! —dijo el Ciempiés, dando un mordisco.

—¡Deeelicioso! —dijo el Viejo Saltamontes Verde.

—¡Simplemente fabuloso! —dijo el Gusano de Luz.

—¡Caramba! —dijo la Mariquita, extasiada—. ¡Qué sabor tan celestial!

Miró sonriente a James, y James le devolvió la sonrisa. Se sentaron juntos en cubierta.

—James —dijo la Mariquita—, hasta ahora no había comido en mi vida otra cosa que esas diminutas moscas verdes que viven en los rosales. Saben exquisitas. Pero es que esto es algo sublime.

—¡Es fantástico! —dijo la Araña, yendo a sentarse con ellos—. Personalmente, siempre había creído que la comida más deliciosa que podía haber era uno de esos moscardones que a veces caían en mi telaraña... pero después de esto.

—¡Qué sabor! —dijo el Ciempiés—. ¡Es increíble! ¡No hay nada que se le pueda igualar! ¡Ni lo ha habido! Y lo digo yo, que he probado las frutas más exquisitas del mundo.

A continuación, el Ciempiés, con la boca llena de melocotón y chorreándole el jugo por las mejillas, se puso a cantar:

He comido en mi vida muchas cosas
y todas refinadas y sabrosas.
He comido cebadas tijeretas
y sapitos en salsa de ajo y setas.
He comido ratones con arroz
(aunque luego padezco ardor atroz).

Guisados por los «chefs» de más renombre,
he probado los piojos de un gran hombre.
Y he comido ranitas con relleno
y también caracoles con su cieno,
y avispas estofadas,
y moscas braseadas.
Y cochinillas en salsa picante
que son aperitivo estimulante.

Las huevas de un pez raro, el espinillo,
resultan estupendas al ajillo.
Y las alas del gran escarabajo
me encantan, aunque dan mucho trabajo.
Los pulgones con sal y mantequilla
son cosa que me va de maravilla.
Y adoro las morcillas
de crías de chinchillas.

Me enloquecen los ojos de besugo
cocidos lentamente y en su jugo.
Y no hay nada más rico
que cabeza de mantis con su pico.
Las larvas de moscón son cosa buena,
un plato inmejorable como cena.

Hay chinches que asaditas en su grasa
perfuman con su aroma media casa
y las empanadillas
de tripas de polillas
bien fritas y adornadas con un huevo
son algo que me deja como nuevo.
Los sesos de mosquito
son algo delicioso y exquisito,
y están ricas las patas de centolla
guisadas con cebolla.

Pues después de esta lista que os he dado
de tanto sabrosísimo bocado,
de platos que son raros
(y algunos de los cuales son muy caros),
no tengo más remedio que decir,
y vosotros tendréislo que admitir,
que nada es comparable
al aroma en verdad inmejorable
y al sabor agradable y estimable
¡de este MELOCOTÓN tan formidable!

Todos se sentían felices. Sobre el sereno cielo azul, el sol brillaba con fuerza y la mar estaba en calma. El gigantesco melocotón, iluminado por el sol, era como una enorme bola dorada flotando sobre un mar de plata.

19

—¡Mirad! —gritó el Ciempiés, justo cuando estaban acabando de comer—. ¡Mirad aquella extraña y delgada aleta negra que se desliza allá al fondo por la superficie del agua!

Todos se dieron la vuelta para mirar.

—Hay dos aletas —dijo la Araña.

—¡Hay montones de ellas! —dijo la Mariquita.

—¿Qué son? —preguntó el Gusano preocupado.

—Debe ser una especie de peces —dijo el Viejo Saltamontes Verde—. A lo mejor vienen a saludarnos.

—¡Son tiburones! —gritó el Gusano—. ¡Os apuesto lo que queráis a que son tiburones que vienen a devorarnos!

—¡Paparruchas! —dijo el Ciempiés, pero en la voz se le notaba bastante el nerviosismo y no se reía.

—¡Estoy seguro de que son tiburones! —dijo el Gusano—. ¡Estoy totalmente convencido de que se trata de tiburones!

Y realmente también era eso lo que creían los demás, pero estaban demasiado asustados como para admitirlo.

Se hizo un corto silencio. Todos miraron hacia los tiburones, que surcaban las aguas en círculo alrededor del melocotón.

—Aun suponiendo que sean tiburones —dijo el Ciempiés—, no corremos peligro alguno si permanecemos aquí arriba.

Pero aún no había acabado de hablar cuando una de aquellas aletas negras de pronto cambió de dirección y se dirigió, surcando rápidamente el agua, hacia el costado del melocotón. El tiburón se paró y miró hacia arriba, al grupo, con sus pequeños y malignos ojos.

—¡Lárgate! —le gritaron—. ¡Lárgate de aquí, bestia asquerosa!

Lentamente, casi con pereza, el tiburón abrió la boca (que era tan grande que se hubiera podido comer un cochecito de niño) y dio un mordisco al melocotón.

Le miraron todos, despavoridos.

Y de pronto, como si obedecieran una orden del jefe, los otros tiburones se dirigieron nadando hacia el melocotón y empezaron a atacarlo furiosamente. Habría por lo menos veinte o treinta, todos empujándose y moviendo violentamente sus colas, haciendo espumear el agua.

El pánico y la desesperación se apoderaron de los que estaban encima del melocotón.

—¡Oh, ahora sí que estamos acabados! —gritó la Araña, retorciéndose las patas—. ¡Se comerán todo el melocotón, nos quedaremos sin barco y nos devorarán!

—¡Tiene razón! —gritó la Mariquita—. ¡Estamos perdidos sin remedio!

—¡Yo no quiero ser devorado! —sollozó el Gusano—. ¡Pero seguro que a mí me comerán el primero, pues soy el más gordo y, además, no tengo huesos!

—¿No hay nada que podamos hacer? —preguntó la Mariquita, mirando suplicante a James—. Seguro que tú tienes alguna idea para salir de esto.

De pronto todos miraron a James.

—¡Piensa! —rogó la Araña—. ¡Piensa, James, piensa!

—¡Vamos! —dijo el Ciempiés—. ¡Vamos, James! Tiene que haber algo que podamos hacer.

Los ojos de todos se clavaron en él, tensos, ansiosos, patéticamente esperanzados.

20

—Hay algo que creo que podríamos intentar —dijo lentamente James Henry Trotter—. No sé si funcionará...

—¡Dínoslo! —gritó el Gusano—. ¡Dínoslo en seguida!

—¡Intentaremos cualquier cosa que nos digas! —dijo el Ciempiés—. ¡Pero date prisa, date prisa, date prisa!

—¡Callad y que hable el chico! —dijo la Mariquita—. Sigue, James.

Todos se apretujaron a su alrededor. Se hizo una pequeña pausa.

—¡Vamos! —gritaron, excitados—. ¡Vamos!

Y mientras esperaban se oía el fragor de los tiburones chapoteando alrededor del melocotón. Era casi como para volverse loco.

—¡Vamos, James! —dijo la Mariquita, suplicante.

—Yo... bueno... No, me parece que después de todo no es una buen idea —musitó James, moviendo la cabeza—. Lo siento. No me acordé de que no tenemos cuerda, y para que la idea funcione necesitamos cientos de metros de cuerda.

—¿Qué tipo de cuerda? —preguntó curioso el Viejo Saltamontes Verde.

—Vale cualquier tipo, con tal de que sea larga y resistente.

—¡Pero hijo, de eso es exactamente de lo que no carecemos! ¡Tenemos exactamente lo que necesitas!

—¿Cómo? ¿Dónde?

—¡El Gusano de Seda! —exclamó el Viejo Saltamontes Verde—. ¿No has visto al Gusano de Seda? ¡Aún está abajo! ¡No se mueve para nada, se pasa el día durmiendo, pero se le puede despertar y hacer que se ponga a tejer!

—¿Y yo, qué? —dijo la Araña—. Puedo tejer tan bien como cualquier Gusano de Seda. Es más, incluso puedo hacer telas.

—¿Podríais hacer lo suficiente entre los dos? —preguntó James.

—Tanto como quieras.

—¿Y rápido?

—¡Desde luego!

—¿Y será resistente?

—¡Lo más resistente que existe! ¡Será tan gorda como un dedo tuyo! Pero ¿para qué? ¿Qué es lo que quieres hacer?

—Voy a levantar el melocotón del agua —dijo James decidido.

—¡Estás loco! —exclamó el Gusano.

—Es nuestra única oportunidad.

—¡El chico está loco!

—¡Está de broma!

—Continúa, James —dijo la Mariquita con voz suave—. ¿Cómo vas a conseguirlo?

—Con unos ganchos en el cielo, me imagino —dijo el Ciempiés, burlón.

—Con gaviotas —dijo James, calmoso—. Hay montones de ellas. ¡Mirad allí arriba!

Todos miraron y vieron una inmensa bandada de gaviotas, volando en círculo, por encima de ellos.

—Voy a coger una cuerda larga de seda —prosiguió James— y con ella voy a enlazar a una gaviota por el cuello. Después ataré el otro extremo al rabo del melocotón —dijo, señalando el rabo del melocotón, que se levantaba erecto como un corto y grueso mástil en medio de la cubierta—. Después enlazaré, de la misma forma, otra gaviota, después otra y otra...

—¡Es ridículo! —exclamaron los otros.

—¡Absurdo!

—¡Un disparate!

—¡Un desatino!

—¡Una locura!

Y el Viejo Saltamontes Verde dijo:

—¿Cómo van a poder levantar unas cuantas gaviotas una cosa tan enorme como ésta, con nosotros incluidos? Se necesitarán cientos... miles...

—No hay escasez de gaviotas —respondió James—. Comprobadlo vosotros mismos. Probablemente necesitemos cuatrocientas, quinientas, seiscientas... quizá incluso mil... No lo sé... Lo que haré será irlas atando al rabo del melocotón hasta que nos elevemos como un globo. Si le atáis a alguien globos suficientes, quiero decir todos los que necesita, se elevará. Y una gaviota tiene mucha más fuerza de elevación que un globo. Lo único que necesitamos es disponer del tiempo necesario antes de que nos hundan los tiburones...

—¡Estás totalmente fuera de tus cabales! —dijo el Gusano—. ¿Cómo vas a hacer para meter un lazo por la cabeza de esas gaviotas? ¿Vas a ir volando?

—¡El chico está chiflado! —dijo el Ciempiés.

—Dejadlo acabar —dijo la Mariquita—. Sigue, James. ¿Cómo vas a conseguirlo?

—Con un cebo.

—¡Un cebo! ¿Qué cebo?

—Pues un gusano. A las gaviotas les encantan los gusanos, ¿no lo sabíais? Y afortunadamente nosotros tenemos el Gusano más grande, gordo, rosado y jugoso del mundo.

—¡No digas! —dijo el Gusano ofendido—. ¡Ya oí más que suficiente!

—Continúa —dijeron los otros, empezando a interesarse—. ¡Continúa!

—Las gaviotas ya lo han visto —prosiguió James—. Por eso hay tantas volando en círculo. Pero no se atreven a bajar por él mientras estemos los otros aquí. Así que…

—¡Ya basta! —gritó el Gusano—. ¡Basta, basta, basta! ¡No me convences! ¡Me niego! ¡Me… me… me…!

—¡Calla! —dijo el Ciempiés—. ¡Y métete en tus asuntos! ¡A mí me gusta el plan!

—Querido Gusano, de todas todas te van a devorar; ¿qué más te da que sean los tiburones o las gaviotas?

—¡No lo haré!

—¿Por qué no escuchamos primero cuál es el plan completo? —dijo el Viejo Saltamontes Verde.

—¡Me importa un pito cuál sea el resto del plan! —gritó el Gusano—. ¡No quiero ser picoteado hasta la muerte por un puñado de gaviotas!

—Serías un mártir —dijo el Ciempiés—. Y yo te respetaría durante el resto de mis días.

—Y yo también —dijo la Araña—. Y tu nombre saldría en todos los periódicos. Un Gusano da su vida para salvar la de sus compañeros...

—Pero es que no tiene que dar su vida —les dijo James—. Oídme bien. Lo que vamos a hacer es lo siguiente...

21

—¡Es una idea realmente brillante! —exclamó el Viejo Saltamontes Verde cuando James explicó todo el plan.

—¡El chico es un genio! —sentenció el Ciempiés—. Después de todo voy a poder seguir con las botas puestas.

—¡Oh, me van a destrozar a picotazos! —gimió el pobre Gusano.

—No, qué va.

—Sí, lo sé muy bien. Y lo peor de todo es que ni las veré venir a atacarme, porque no tengo ojos.

James se le acercó y le echó cariñosamente un brazo alrededor.

—No permitiré que te toquen —dijo—. Te prometo que no lo permitiré. Pero tenemos que darnos prisa. ¡Mirad abajo!

Ahora había más tiburones que antes en torno al melocotón. El mar era un hervidero de ellos. Debía de haber por lo menos noventa o cien. Y a los tripulantes del melocotón les daba la impresión de que éste se hundía más y más.

—¡Compañía, atención! —gritó James—. ¡Manos a la obra! ¡No tenemos ni un momento que perder! —Ahora era el capitán y todos lo

aceptaban y estaban dispuestos a cumplir sus órdenes—. ¡Todos abajo excepto el Gusano! —ordenó.

—¡Sí, inmediatamente! —dijeron todos
dirigiéndose al pasadizo—. ¡Vamos! ¡De prisa!

—¡Y tú, Ciempiés! —dijo James—. ¡Vete
abajo y haz que el Gusano de Seda se ponga a
trabajar inmediatamente! ¡Dile que teja como no
lo ha hecho en su vida! ¡Nuestras vidas dependen
de ello! ¡Y lo mismo te digo a ti, Araña! ¡Poneos
a tejer sin pérdida de tiempo!

22

A los pocos minutos todo estaba listo.

En la cubierta del melocotón estaba todo de lo más tranquilo. No se veía a nadie, a nadie excepto al Gusano.

La mitad del Gusano, que parecía una gran salchicha gorda y rosada, reposaba plácidamente al sol, para que la vieran las gaviotas. La otra mitad colgaba en el interior del túnel.

James estaba agazapado al lado del Gusano, en la entrada del agujero, esperando a la primera gaviota. En sus manos llevaba un lazo corredizo de seda.

El Viejo Saltamontes Verde y la Mariquita estaban un poco más abajo, sujetando la cola del Gusano y dispuestos a tirar de él tan pronto como James diera la orden.

Y aún más abajo, en el interior del hueso del melocotón, el Gusano de Luz iluminaba la estancia para que los dos tejedores, el Gusano de Seda y la Araña, pudieran ver lo que hacían. El Ciempiés estaba también allí arengándoles acaloradamente para que no cesaran ni por un momento en la labor, y de vez en cuando James podía oír su voz gritando: «Teje, Gusano de Seda, teje, gordo bruto perezoso, más rápido o te echaré a los tiburones.»

—Ahí viene la primera gaviota —susurró James—. Estate quieto ahora, Gusano. No te muevas. Y vosotros, listos para tirar de él.

—Por favor, no dejes que me pique —rogó el Gusano.

—No te preocupes, no lo permitiré. Silencio…

Por el rabillo del ojo, James vio cómo la gaviota se lanzaba en picado hacia el Gusano. Y de pronto la tuvo tan cerca que pudo ver sus pequeños ojos negros y su pico curvado. Llevaba el pico abierto, dispuesta a arrancar un buen trozo de carne del lomo del Gusano.

—¡Tirad! —gritó James.

El Viejo Saltamontes Verde y la Mariquita dieron un violento tirón a la cola del Gusano y, como por arte de magia, el Gusano desapareció en el interior del túnel. Al mismo tiempo se alzó la mano de James y la gaviota se metió de cabeza en el lazo de seda. El lazo, que había sido hecho con gran pericia, se apretó lo justo (pero no demasiado) en torno al cuello y la gaviota quedó apresada.

—¡Hurra! —gritó el Viejo Saltamontes Verde, sacando la cabeza por el agujero—. ¡Buen tiro, James!

La gaviota se elevó en el aire y James soltó cuerda. Cuando había soltado unos ciento cincuenta metros ató la cuerda al rabo del melocotón.

—¡Vamos a por otra! —gritó—. ¡Arriba otra vez, Gusano! ¡Ciempiés, dame más cuerda!

—Esto no me gusta nada —gimió el Gusano—. ¡Falló por poco! ¡Incluso noté cómo el aire me rozaba el lomo cuando me pasó por encima!

—¡Chist! —susurró James—. ¡Estate quieto, que ahí viene otra!

Y volvieron a hacer lo mismo.

Y otra vez, y otra, y otra.

Y las gaviotas seguían viniendo y James las iba enlazando una tras otra y las aseguraba al rabo del melocotón.

—¡Cien gaviotas! —exclamó, secándose el sudor de la frente.

—¡No te pares! —gritaron los otros—. ¡Sigue, James!

—¡Doscientas gaviotas!

—¡Trescientas gaviotas!

—¡Cuatrocientas gaviotas!

Los tiburones, como si notaran que estaban a punto de perder su presa, se lanzaban más furiosos que nunca contra el melocotón, y éste se iba hundiendo más y más en el agua.

—¡Quinientas gaviotas! —gritó James.

—¡El Gusano de Seda dice que se le está acabando la seda! —gritó desde abajo el Ciempiés—. ¡Dice que ya no puede seguir mucho más tiempo, ni tampoco la Araña!

—¡Diles que tienen que seguir! —respondió James—. ¡Ahora no pueden parar!

—¡Nos estamos elevando! —gritó alguien.

—¡No, aún no!

—¡Yo lo noto!

—¡Rápido, enganchad otra gaviota!

—¡Quietos todos! ¡Silencio! ¡Ahí viene una!

Esta gaviota hacía la quinientos uno, y en el momento en que James la enlazó y la ató al rabo del melocotón, el enorme fruto empezó a levantarse lentamente.

—¿Lo notáis? ¡Nos vamos! ¡Agarraos, muchachos!

Pero de pronto se paró.

Y allí se quedó colgado.

Se balanceaba, pero no subía más.

La parte de abajo rozaba ligeramente la superficie del agua. Era como una balanza de precisión que necesitara un ligerísimo empujón para ir en un sentido o en otro.

—¡Con otra más lo conseguiremos! —gritó el Viejo Saltamontes Verde, asomando la cabeza por el agujero del túnel—. ¡Ya estamos arriba!

Y llegó el gran momento. Rápidamente cazaron y ataron la gaviota quinientos dos...

Y de pronto...

Muy lentamente...

Majestuosamente...

Como un increíble globo amarillo...

Con todas las gaviotas tirando de las cuerdas...

El gigantesco melocotón se levantó goteando y empezó a elevarse hacia los cielos.

23

En un abrir y cerrar de ojos todos subieron a cubierta.

—¡Oh, es maravilloso! —gritaron.

—¡Qué sensación tan deliciosa!

—¡Adiós, tiburones!

—¡Oh, muchachos, esto sí que es viajar!

La Araña, que casi aullaba con la excitación, cogió al Ciempiés por la cintura y los dos se pusieron a bailar alrededor del rabo del melocotón. El Gusano se había puesto en pie y se puso a girar sobre sí mismo de alegría, como una peonza. El Viejo Saltamontes Verde se puso a dar saltos. La Mariquita corrió a dar la mano y a felicitar a James. El Gusano de Luz, que normalmente era una criatura tímida y silenciosa, se puso a brillar y lanzar destellos a la entrada del túnel. Incluso el Gusano de Seda, de un blanco casi transparente y totalmente agotado, salió a ver aquella milagrosa ascensión.

Ascendían y ascendían, y pronto estuvieron tan altos sobre el mar como la torre de una iglesia.

—Estoy un tanto preocupado por el melocotón —dijo James a los otros tan pronto como

cesaron las muestras de alegría—. Me pregunto qué daños habrán causado esos tiburones a la parte de abajo del melocotón. Desde aquí arriba es imposible saberlo.

—¿Por qué no voy yo un momento a hacer una inspección? —dijo la Araña—. No es ningún problema para mí —y sin esperar más fabricó, casi instantáneamente, un tramo de seda y lo ató al rabo del melocotón—. Estaré de vuelta en un abrir y cerrar de ojos —dijo, al tiempo que se iba hacia el borde del melocotón y saltaba al vacío, alargando el hilo según descendía.

Los otros se arremolinaron ansiosos en el lugar por donde había saltado.

—Sería horrible si se le rompiera el hilo —dijo la Mariquita.

Se hizo una larga pausa.

—¿Estás bien, Araña? —gritó el Viejo Saltamontes Verde.

—¡Sí, gracias! —respondió desde abajo—. Subo en seguida —y emprendió el ascenso, trepando con sus patas por el hilo y recogiéndolo cuidadosamente en el interior de su cuerpo.

—¿Está terrible? —le preguntaron—. ¿Está todo comido? ¿Tiene boquetes irreparables?

La Araña volvió a acomodarse sobre cubierta, con una expresión de complacencia y sorpresa en su rostro.

—No me vais a creer —dijo—, pero ¡apenas si está arañado! ¡El melocotón está casi como nuevo! ¡Solamente falta un trocito que otro aquí y allá, pero nada más!

—¡Tienes que estar equivocada! —le dijo James.

—¡Claro que está equivocada! —dijo el Ciempiés.

—¡Os juro que no estoy equivocada! —dijo la Araña.

—¡Pero si había cientos de tiburones alrededor!

—¡Eran tantos que parecía que hervía el agua!

—¡Vimos cómo abrían y cerraban sus enormes bocas!

—Me importa un pito lo que hayáis visto —dijo la Araña—. Casi no han dañado el melocotón.

—¿Entonces por qué empezábamos a hundirnos? —preguntó el Ciempiés.

—A lo mejor no empezábamos a hundirnos —sugirió el Viejo Saltamontes Verde—. A lo mejor es que estábamos tan asustados que nos lo imaginamos.

Eso estaba más cerca de la realidad de lo que todos podían imaginarse. Por si no lo sabes, los tiburones tienen un morro largo y afilado y su boca está situada muy atrás, debajo de la cabeza. Eso hace que les sea punto menos que imposible el clavar sus dientes en una superficie curva y suave como puede ser un melocotón. Incluso si el animal se vuelve de espaldas, sigue sin poder morder, porque el morro siempre se interpondrá. Si has visto alguna vez un perro pequeñito intentar clavar sus dientes en una gran pelota podrás comprender aproximadamente lo que sucedió con los tiburones y el melocotón.

—Tiene que tratarse de alguna cosa de magia —dijo la Mariquita—. Seguramente los agujeros se cerraron por sí mismos.

—¡Mirad, hay un barco debajo de nosotros! —gritó James.

Todos corrieron a un lado a mirar. Ninguno había visto un barco antes.

—¡Y parece uno de los grandes!

—¡Tiene tres chimeneas!

—¡Incluso se puede ver a los pasajeros en cubierta!

—¡Vamos a saludarlos! ¿Creéis que nos están viendo?

Ni James ni los otros lo sabían, pero el barco que estaba pasando por debajo de ellos no era otro que el *Queen Mary*, que atravesaba el Canal de la Mancha de viaje hacia América. Y en el puente de mando del *Queen Mary*, el atónito capitán y un grupo de oficiales miraban boquiabiertos a la enorme bola que volaba por encima de ellos.

—No me gusta eso —dijo el capitán.

—Ni a mí —dijo el primer oficial.

—¿Creen ustedes que nos está siguiendo?—preguntó el segundo oficial.

—Sigo diciendo que no me gusta —musitó el capitán.

—Puede que sea peligroso —dijo el primer oficial.

—¡Ya sé! —exclamó el capitán—. ¡Es un arma secreta! ¡Por todas las vacas sagradas! ¡Envíen inmediatamente un mensaje a la reina! ¡Hay que alertar al país! ¡Tráiganme mi catalejo!

El primer oficial entregó el catalejo al capitán y éste se lo llevó al ojo.

—¡Hay pájaros por todas partes! —exclamó—. ¡El cielo está lleno de pájaros! ¿Qué demonios estarán haciendo? ¡Un momento! ¡En eso hay gente! ¡Se mueven! ¡Hay un… un… esto no está bien enfocado! ¡Parece un niño de pantalón corto! ¡Sí, ahora lo veo bien, es un niño de pantalón corto! ¡Y hay una… hay una… hay una… una… una especie de mariquita gigante!

—Pero, capitán, un momento —dijo el primer oficial.

—¡Y un colosal saltamontes verde!

—¡Capitán! —dijo el primer oficial muy serio—. ¡Capitán, por favor!

—¡Y una araña monstruosa!

—¡Oh, caramba, ha vuelto a beber whisky! —se lamentó el segundo oficial.

—¡Y un enorme... sencillamente enorme ciempiés! —gimió el capitán.

—Llamen al médico de a bordo —dijo el primer oficial—. Nuestro capitán no se encuentra bien.

Un momento más tarde, la enorme bola desapareció en medio de una nube, y los del barco no volvieron a verla.

24

Pero en el melocotón todos estaban felices y emocionados.

—Me pregunto a dónde iremos a parar ahora —dijo el Gusano.

—No importa —dijeron los otros—. Las gaviotas siempre vuelven a tierra, más tarde o más temprano.

Subieron y subieron, por encima de las nubes más altas; el melocotón se balanceaba suavemente mientras seguía avanzando.

· —¿No os parece que es un buen momento para oír algo de música? —preguntó la Mariquita—. ¿Estás dispuesto, Viejo Saltamontes Verde?

—Será un placer, querida amiga —dijo el Viejo Saltamontes Verde, haciendo una reverencia.

—¡Oh, bravo, hurra! —gritaron todos—. ¡Vamos a tocar para nosotros! —e inmediatamente se sentaron en corro, alrededor del Viejo Concertista Verde..., y empezó el concierto.

Desde el momento en que sonó la primera nota, los espectadores se quedaron completamente extasiados. James no había oído en su vida una música tan hermosa como aquélla. En el jardín de su casa, en las tardes de verano, había oído muchas veces chirriar a los saltamontes entre la hierba y siempre le había gustado aquel sonido que hacían. Pero éste era un tipo de sonido totalmente diferente. Esto era música auténtica... acordes, armonías, tonos y todo eso.

¡Y qué instrumento tan hermoso estaba tocando el Viejo Saltamontes Verde! ¡Era como un violín! ¡Daba exactamente la impresión de que estuviera tocando el violín!

El arco del violín, la parte que se mueve, era una de sus patas de atrás. Las cuerdas del violín, la parte que produce el sonido, eran los bordes de sus alas.

Utilizaba solamente la parte superior de la pata (el muslo), haciéndola rozar contra los bordes de sus alas con una maestría increíble, unas veces lentamente, otras más aprisa, pero siempre con un movimiento cadencioso y como sin esfuerzo. Exactamente igual que hubiera utilizado su arco un gran violinista; y la música fluía llenando el cielo azul con su mágica melodía.

Al acabar la primera parte, todos aplaudieron enfervorizados, y la Araña se puso en pie y gritó: «¡Bravo! ¡Bis! ¡Queremos otra!»

—¿Te gustó, James? —preguntó sonriente el Viejo Saltamontes Verde.

—¡Oh, me encantó! —respondió James—. ¡Fue maravilloso! ¡Era como si tuvieras un verdadero violín entre las manos!

—¡Un verdadero violín! —exclamó el Viejo Saltamontes Verde—. ¡Cielos, me gusta eso! ¡Mi querido niño, yo soy un verdadero violín! ¡Es una parte de mi cuerpo!

—Pero ¿tocan todos los saltamontes el violín igual que tú? —le preguntó James.

—No —le contestó—. Ni mucho menos. Para tu información te diré que yo soy un saltamontes «cuernicorto». Tengo dos antenas cortas en la cabeza, ¿las ves? Son bastante cortas, ¿no es cierto? Por eso me llaman «cuernicorto». Y los «cuernicortos» somos los únicos que interpretamos a la manera del violín, utilizando un arco. Mis parientes «cuernilargos», los que tienen un par de largas y curvadas antenas en la cabeza, producen su música frotando una contra otra las alas superiores. No son violinistas, son frotadores de alas. Y su sonido es de muy inferior calidad. A mi modo de ver, su sonido se parece más al de un banjo que al de un violín.

—¡Es fascinante! —exclamó James—. Nunca se me había ocurrido pararme a pensar en cómo se las arreglaban los saltamontes para producir su sonido.

—Mi querido joven —dijo amablemente el Viejo Saltamontes Verde—. Hay montones de cosas en este mundo nuestro de las que todavía no tienes ni la menor idea. Por ejemplo, ¿dónde crees que tengo los oídos?

—¿Los oídos? Pues supongo que en la cabeza, claro.

Todos se echaron a reír.

—¿Quieres decir que ni tan siquiera sabes eso? —preguntó, sorprendido, el Ciempiés.

—Prueba de nuevo —dijo el Viejo Saltamontes Verde sonriendo.

—No puedes tenerlos en otro sitio —dijo James.

—¿No?

—Entonces me rindo. ¿Dónde los tienes?

—Justo aquí —dijo el Viejo Saltamontes Verde—. Uno a cada lado de la barriga*.

—¡Eso no es cierto!

—Claro que es cierto. ¿Qué es lo que tiene eso de extraño? Tenías que saber dónde los tienen mis parientes los grillos y los saltamontes americanos.

—En las patas. Justo debajo de las rodillas de las patas delanteras.

—Me estás tomando el pelo —dijo James—. No hay nadie que pueda tener los oídos en las patas.

—¿Por qué no?

—Porque... pues porque es ridículo, por eso.

—¿Sabes lo que me parece ridículo a mí? —dijo el Ciempiés sonriendo sardónicamente, como de costumbre—. Y no te lo digo con maldad, pero me parece totalmente ridículo el tener los oídos en la cabeza. Dan un aspecto de lo más cómico. Mírate un día al espejo y compruébalo.

—¡Qué latoso! —exclamó el Gusano—. ¿Por qué tienes siempre que andar molestando a todo el mundo? Deberías disculparte inmediatamente ante James.

---

* Y si no te lo crees, mira en tu libro de entomología.

25

James no quería que el Gusano y el Ciempiés se enzarzaran en otra pelotera y le dijo al Gusano sin perder un momento:

—¿Tocas tú alguna música?

—No, pero hago otras cosas, algunas de las cuales son bastante extraordinarias —dijo el Gusano animándose.

—¿Como qué? —preguntó James.

—Bueno —dijo el Gusano—. La próxima vez que te encuentres en un sembrado o en un jardín y mires a tu alrededor recuerda esto: cada grano de tierra que veas ha pasado a través del cuerpo de un gusano en el transcurso de los últimos años. ¿No es maravilloso?

—¡Eso no es posible! —dijo James.

—Querido niño, es una realidad.

—¿Quieres decir que tragas tierra?

—Como un desesperado —dijo el Gusano, orgulloso—. Me entra por un extremo y me sale por el otro.

—Pero ¿con qué objeto?

—¿Qué quieres decir con eso de con qué objeto?

—¿Por qué lo hacéis?

—Lo hacemos por los granjeros. El suelo se pone ligero y esponjoso y las plantas crecen mejor. Los granjeros no pueden pasar sin nosotros. Somos esenciales. ¡Somos vitales! Así que es natural que los agricultores nos amen. Incluso creo que nos aman más que a las mariquitas.

—¿Las mariquitas? —dijo James, volviéndose a mirar a la Mariquita—. ¿También te aman a ti?

—Tengo entendido que sí —respondió la Mariquita con modestia y poniéndose colorada—. De hecho, creo que en ciertos lugares los agricultores nos estiman tanto que incluso compran sacos llenos de mariquitas vivas, las llevan a sus campos y las sueltan. Se sienten muy complacidos de tener montones de mariquitas en sus campos.

—¿Por qué? —preguntó James.

—Porque engullimos a todos los pequeños insectos dañinos que se comen las cosechas de los agricultores. Somos una gran ayuda y no cobramos ni un penique por nuestros servicios.

—Creo que eres maravillosa —le dijo James—. ¿Puedo hacerte una pregunta muy especial?

—Desde luego.

—¿Es realmente cierto que se puede saber la edad de una mariquita contándole las pintas?

—Oh, no, eso no es más que un cuento de niños —dijo la Mariquita—. Nunca cambiamos las pintas. Algunas, naturalmente, nacemos con más pintas que otras, pero nunca las cambiamos. El número de pintas que tiene una mariquita no es más que una distinción familiar. Yo, por ejemplo, como bien puedes ver, soy una Mariquita de nueve pintas. Soy muy afortunada, porque eso es muy distinguido.

—Realmente tienes razón —dijo James, contemplando el precioso caparazón rojo con sus nueve pintas negras.

—Por otra parte —prosiguió la Mariquita—, algunas de mis parientes menos afortunadas tienen solamente dos pintas en su caparazón, ¡imagínate! Son las mariquitas de dos pintas, y siento decir que son muy vulgares y tienen muy malos modales. También hay mariquitas de cinco pintas. Son mucho mejor educadas que las de dos pintas, aunque, a mi modo de ver, tienen un sentido del humor un tanto insolente.

—Pero ¿son todas ellas apreciadas? —dijo James.

—Sí —respondió suavemente la Mariquita—. Todas ellas son apreciadas.

—Por lo que parece casi todos los que estáis aquí sois apreciados —dijo James—. ¡Cuánto me alegro!

—¡Yo, no! —exclamó el Ciempiés alegremente—. Yo soy una plaga y estoy orgulloso de ello. ¡Oh, soy una plaga tremenda y temida!

—Escucha, escucha —dijo el Gusano.

—¿Y tú, Araña? —preguntó James—. ¿Eres también muy apreciada por todo el mundo?

—¡Ay, no! —respondió la Araña, dejando escapar un largo y sonoro suspiro—. No soy apreciada en absoluto. Y no hago más que el bien. Me paso el día cazando moscas y mosquitos en mis telas. Soy una persona decentísima.

—Lo sé perfectamente —dijo James.

—La forma en que somos tratadas las arañas es de lo más injusto —prosiguió la Araña—. Mira, la misma semana pasada tu propia horrible tía Sponge tiró a mi pobre padre por el desagüe del baño.

—¡Oh, qué cosa más horrible! —exclamó James.

—Yo lo vi todo desde un rincón del techo —musitó la Araña—. Fue algo tremendo. Nunca más pudimos encontrarlo —una enorme lágrima le rodó por la mejilla y mojó el suelo.

—Pero ¿no trae mala suerte el matar arañas? —preguntó James, consultando a los otros con la vista.

—¡Claro que el matar arañas trae mala suerte! —exclamó el Ciempiés—. Es una de las cosas de peor agüero que uno puede hacer. Mira lo que le pasó a su tía Sponge después de haberlo hecho. ¡Bumba! Todos notamos cómo el melocotón le pasó por encima, ¿no? ¡Oh, qué bumba más hermoso ha debido ser para ti, Araña!

—Fue de lo más satisfactorio —respondió ella—. ¿Por qué no nos haces una canción sobre él?

Y el Ciempiés empezó.

Tía Sponge era muy gorda, era muy gruesa,
era oronda y redonda, ¡era una obesa!
Su cintura y barriga
eran blandas lo mismo que la miga,
y no digamos nada del trasero,
más blando que las plumas de un plumero.

Así que decidió que iba a hacer dieta
para perfeccionar su silueta.

«Desde hoy no desayuno
—se dijo—, voy a hacer un buen ayuno.»
Y entonces rodó el gran Melocotón,
la alcanzó, la arrolló de un empujón,
al suelo la tiró
y luego por encima le pasó.

La dejó laminada
y como ella quería: ¡muy delgada!

—Eso estuvo muy bien —dijo la Araña—. Canta ahora algo sobre la tía Spiker.

—Con mucho gusto —respondió el Ciempiés.

Tía Spiker parecía hecha de alambre,
y no era que estuviera muerta de hambre,
era que no medraba
a pesar de lo mucho que zampaba.
Y era enclenque y enteca,
y era huesuda y birria, ¡estaba seca!

Se dijo: —He de hacer algo, ganar kilos,
porque tengo los brazos como hilos.
Quiero ponerme gorda, ganar peso,
acabar redondita como un queso.
Comeré los bombones a millones
y pastas y pasteles a montones.
Seré una criatura
que habrá cambiado en todo su figura.

Llegó el Melocotón y la cambió,
¡sobre el césped planchada la dejó!

Todos prorrumpieron en aplausos y pidieron al Ciempiés que siguiera cantando, y éste, sin hacerse de rogar, entonó su canción favorita:

Pues érase una vez... que había cochinos
que eran muy aseados, cerdos finos.
Y había orangutanes elegantes
que usaban corbatín y usaban guantes.
Los patos hacían ¡cuac! y ¡cuac! y ¡cuaco!
y fumaban en pipas su tabaco.
Y había puercoespines
que iban a los cines,
y muchas cabras locas
saltando por la rocas.
Y una vaca tumbada en una hamaca
que estaba muy tranquila haciendo c...

—¡Cuidado, Ciempiés! —exclamó James—. ¡Cuidado con lo que vas a decir!

26

El Ciempiés, que con esta canción se había puesto a bailar entusiasmado por la cubierta, se acercó tanto al borde del melocotón que se tambaleó, a punto de caer, accionando desesperadamente con sus patas para tratar de recuperar el equilibrio. Pero antes de que nadie pudiera evitarlo ¡se precipitó hacia abajo! Soltó un grito de terror al caer y los otros corrieron, impotentes, a ver cómo el pobre cuerpo descendía dando vueltas y vueltas y haciéndose cada vez más pequeño, hasta que desapareció de su vista.

—¡Gusano de Seda! —gritó James—. ¡Rápido, ponte a tejer!

El Gusano de Seda suspiró, porque aún estaba enormemente cansado después de haber tejido las cuerdas para atar a las gaviotas, pero hizo lo que le decían.

—¡Voy a bajar a buscarlo! —dijo James, agarrando el hilo de seda que iba saliendo del gusano y atándose por la cintura—. ¡Todos los demás, sujetad al Gusano de Seda para que no se venga abajo con mi peso, y cuando notéis tres tirones en la cuerda empezad a subirme!

Dio un salto y se precipitó en pos del Ciempiés, cayendo, cayendo hacia el mar. Y ya puedes imaginarte lo rápido que tuvo que tejer el Gusano de Seda para seguir la rapidez de la caída.

—¡Nunca más los volveremos a ver! —gimió la Mariquita—. ¡Oh, pobres, pobres! ¡Ahora que empezábamos a sentirnos tan felices!

La Araña, el Gusano de Luz y la Mariquita rompieron a llorar. Lo mismo hizo el Gusano.

—No me preocupa mucho el Ciempiés —sollozó el Gusano—. Pero al chico le tenía mucho cariño.

Muy suavemente, el Viejo Saltamontes Verde empezó a interpretar con su violín la Marcha Fúnebre, y cuando acabó, todos, incluido él mismo, estaban en un mar de lágrimas.

De pronto notaron tres tirones en la cuerda.

—¡Tirad! —gritó el Viejo Saltamontes Verde—. ¡Poneos detrás de mí y tirad!

Había que recoger casi dos kilómetros de cuerda, pero todos tiraron como locos y, por fin, por un lado del melocotón, apareció James, chorreando, con el Ciempiés, también chorreando, agarrado firmemente a él con todas sus cuarenta y dos patas.

—¡Me salvó! —gritó el Ciempiés—. ¡Estuvo nadando en medio del océano Atlántico hasta que me encontró!

—Mi querido joven —dijo el Viejo Saltamontes Verde dándole a James una palmada en el hombro—, permíteme que te felicite.

—¡Mis botas! —exclamó el Ciempiés—. ¡Mirad mis preciosas botas! ¡Se me han estropeado con el agua del mar!

—¡Calla la boca! —le dijo el Gusano—. ¡Suerte tienes de estar vivo!

—¿Seguimos subiendo? —preguntó James.

—Sí, desde luego —respondió el Viejo Saltamontes Verde—. Y empieza a anochecer.

—Sí, pronto será de noche.

—¿Por qué no bajamos al interior para estar calentitos hasta el amanecer? —sugirió la Araña.

—No —dijo el Viejo Saltamontes Verde—. Eso me parece una imprudencia. Creo que es mejor que pasemos la noche aquí arriba para vigilar. Así, si pasa algo, estaremos preparados.

27

James Henry Trotter y sus amigos se acurrucaron unos contra otros en el centro del melocotón cuando la noche empezó a rodearlos. Sobre sus cabezas, por todas partes, se elevaban, como montañas, nubes oscuras, misteriosas, amenazantes, sobrecogedoras. Gradualmente se hizo más y más oscuro; una pálida luna en cuarto menguante apareció por entre las nubes y proyectó su luz sobrenatural sobre el melocotón. El gigantesco melocotón se mecía suavemente mientras seguía cruzando el espacio. Los cientos de amarras de seda que se elevaban hacia lo alto brillaban hermosamente bajo la luz de la luna. Y allá, aún más arriba, volaba la numerosa bandada de gaviotas.

No se oía ni un sonido por ninguna parte. El viaje en el melocotón no se parecía en lo más mínimo a un viaje en avión. Los aviones cruzan el espacio trepidando y rugiendo, y cualquier cosa que pueda estar acechando entre las montañas de nubes escapa en busca de refugio. Ésa es la razón por la que la gente que viaja en avión nunca ve nada…

Pero el melocotón... ¡Oh, sí...! El melocotón era un viajero suave y silencioso que no producía ni un sonido en su marcha. Y en varias ocasiones, durante aquel largo y silencioso viaje nocturno, James y sus amigos pudieron ver cosas que nunca había visto nadie anteriormente.

En una ocasión, cuando cruzaban sigilosos una enorme nube blanca, vieron sobre ella un grupo de cosas extrañas, largas y sutiles, que medirían como unas dos veces lo que un hombre normal. Al principio no eran fáciles de ver, porque eran casi tan blancas como la propia nube, pero cuando el melocotón se aproximó más comprobaron que aquellas «cosas» eran en realidad criaturas vivientes... Criaturas altas, etéreas, fantasmales y pálidas, que parecían estar hechas de una mezcla de algodón y cabellos blancos.

—¡Oooooh! —dijo la Mariquita— ¡Esto no me gusta nada!

—¡Chist! —susurró James—. ¡Que no te oigan! ¡Deben ser nubícolas, habitantes de las nubes!

—¡Nubícolas! —susurraron todos, acurrucándose aún más unos contra otros—. ¡Oh, cielos! ¡Oh, cielos!

—Me alegro de ser ciego y no poder verlos —dijo el Gusano—. Porque seguramente me pondría a gritar.

—Espero que no se den la vuelta y nos vean —balbuceó la Araña.

—¿Creéis que pueden comernos? —preguntó el Gusano.

—A ti, sí —le respondió el Ciempiés, sonriendo sarcásticamente—. Te cortarán en rodajas y te comerán como si fueras un salchichón.

El pobre Gusano se puso a temblar de miedo.

—¿Qué están haciendo? —susurró el Viejo Saltamontes Verde.

—No lo sé —respondió James en voz baja—. Pero podemos observarlos.

Los nubícolas estaban reunidos en un grupo y hacían algo muy extraño con las manos. Primero las movían hacia adelante (todos a la

vez) y arrancaban trozos de nube. Después apretaban los trozos de nube entre los dedos de piedra blanca. Luego tiraban a un lado las bolas y arrancaban más trozos de nube y repetían la misma operación.

Todo lo realizaban con el mayor misterio y en silencio. La pila de bolas se iba haciendo más y más grande. Pronto tuvieron casi un camión de bolas.

—Deben estar completamente locos —dijo el Ciempiés—. No hay nada que temer de ellos.

—¡Cállate, idiota! —murmuró el Gusano—. ¡Si nos ven nos devorarán a todos!

Pero los nubícolas estaban demasiado ensimismados con lo que estaban haciendo y no vieron el gran melocotón que pasaba volando a sus espaldas.

Entonces los observadores del melocotón vieron que uno de los nubícolas levantaba su etéreo brazo y le oyeron gritar: «¡Muy bien, muchachos! ¡Ya es suficiente! ¡Agarrad las palas!» Los otros nubícolas inmediatamente soltaron un extraño y agudo chillido de alegría y se pusieron a dar saltos, moviendo los brazos. A continuación tomaron unas palas enormes, se abalanzaron sobre la pila de bolas y empezaron a arrojarlas a paladas al espacio, por un lado de la nube. Mientras trabajaban entonaron una canción:

> *Allá va ese granizo*
> *duro, grande y macizo.*
> *Y allá van nieve, escarcha y resfriados*
> *y estornudos y mocos... alternados.*

—¡Es granizo! —susurró James agitado—. ¡Han estado haciendo granizo y ahora se lo están echando a la gente que vive en el mundo de abajo!

—¿Granizo? —dijo el Ciempiés—. ¡Eso es ridículo! Estamos en verano, y en verano no hay granizadas.

—Están practicando para el invierno —le dijo James.

—¡No me lo creo! —dijo el Ciempiés elevando el tono de voz.

—¡Chist! —susurraron los otros. Y James le dijo en voz baja—: ¡Por el amor del cielo, Ciempiés, no grites tanto!

El Ciempiés se echó a reír ruidosamente.

—¡Esos pobres idiotas no oyen nada! —gritó—. ¡Son sordos como tapias! ¡Ya lo verás! —y, antes de que nadie pudiera evitarlo, se puso a gritar a los nubícolas con todas sus fuerzas—: ¡Idiotas! ¡Atontados! ¡Estúpidos! ¡Mamarrachos! ¡Burros! ¿Qué demonios estáis haciendo ahí?

El efecto fue inmediato. Los nubícolas se dieron la vuelta como si los hubiera picado una avispa. Y cuando vieron pasar al gran melocotón dorado a unos cincuenta metros de donde se encontraban se quedaron boquiabiertos de la sorpresa y dejaron caer las palas. Y allí se quedaron bajo la luz de la luna, completamente anonadados, como un grupo de altas y barbudas estatuas, con la vista fija en el gigantesco fruto.

Los pasajeros del melocotón (todos excepto el Ciempiés) estaban paralizados de terror, mirando a los nubícolas y preguntándose qué pasaría a continuación.

—¡Ya lo has conseguido, cabezota estúpido! —le dijo el Gusano al Ciempiés.

—¡Yo no les tengo miedo! —gritó el Ciempiés, y para demostrarle de nuevo a los otros que no les tenía miedo se enderezó sobre sus dos patas traseras y se puso a bailar, haciendo gestos insultantes a los nubícolas con sus cuarenta patas restantes.

Esto enfureció a los nubícolas de forma inusitada, y todos a una dieron media vuelta y agarraron puñados de granizo que empezaron a tirar contra el melocotón, gritanto enfurecidos.

—¡Cuidado! —gritó James—. ¡Rápido! ¡Todos al suelo!

¡Y afortunadamente lo hicieron! Una bola grande de granizo puede hacer tanto daño como si fuera piedra si va con fuerza suficiente... y aquellos nubícolas tiraban con verdadera fuerza. El granizo pasaba silbando como si fueran balas de ametralladora, y James pudo percibir cómo golpeaban el melocotón y se quedaban allí clavadas: ¡Plop! ¡Plop! ¡Plop! ¡Plop! Y también: ¡Ping! ¡Ping! ¡Ping!, al golpear el caparazón de la pobre Mariquita, pues ella no podía aplastarse contra el melocotón tanto como los otros. Y entonces, ¡crac!, cuando una de las bolas golpeó la nariz del Ciempiés, y otra vez, ¡crac!, al golpearlo en otra parte.

—¡Ay! —gritó—. ¡Ay! ¡Ya basta! ¡Parad!

Pero los nubícolas no parecían tener intención de parar. James los vio correr de un lado para otro de la nube como un ejército de espíritus peludos, tomar granizo de la pila, volver al borde de la nube y lanzarlo contra el melocotón. Cuando se les acabó la pila se dedicaron a arrancar trozos de nube para hacer bolas de granizo mucho más grandes, tanto que algunas parecían balas de cañón.

—¡Rápido! —gritó James—. ¡Metámonos dentro o nos arrasarán!

Se produjo una estampida hacia la entrada del pasadizo y medio minuto más tarde estaban todos abajo, a salvo en el interior del hueso, temblando aún de miedo y escuchando el golpear del granizo contra los costados del melocotón.

—¡Estoy hecho una calamidad! —dijo el Ciempiés—. Me dieron en todas partes.

—Te está bien empleado —le dijo el Gusano.

—¿Quiere alguno de vosotros tener la bondad de mirar si me han roto el caparazón? —dijo la Mariquita.

—¡Alúmbranos, por favor! —dijo el Viejo Saltamontes Verde.

—No puedo —dijo el Gusano de Luz—. Me han roto la lámpara.

—¡Pues pon otra! —dijo el Ciempiés.

—Callad un momento —dijo James—. ¡Escuchad! ¡Me parece que ya no nos siguen tirando!

Todos dejaron de hablar y escucharon. Sí, el ruido había cesado. El granizo ya no golpeaba contra el melocotón.

—¡Los hemos dejado atrás!

—Seguramente las gaviotas nos remolcaron y nos libraron del peligro.

—¡Hurra! ¡Vamos arriba a comprobarlo!

Cautelosamente, con James a la cabeza, subieron por el pasadizo. James asomó la cabeza y miró a su alrededor.

—¡El horizonte está despejado! —dijo—. ¡No los veo por ninguna parte!

Uno por uno, los pasajeros salieron nuevamente a la cima del melocotón. Y otearon el
panorama en torno con toda cautela. La luna seguía brillando con fuerza y todavía había gran
cantidad de nubes-montaña por todas partes.
Pero no se veía ni rastro de los nubícolas.

—¡El melocotón vierte! —gritó el Viejo
Saltamontes Verde después de inspeccionar los
costados—. ¡Está lleno de agujeros y gotea jugo
por todas partes!

—¡Lo que nos faltaba! —exclamó el Gusano—. ¡Si el melocotón se derrama, seguro que
nos hundiremos!

—¡No seas bruto! —le dijo el Ciempiés—. ¡Ahora no estamos en el agua!

—¡Oh, mirad! —gritó la Mariquita—.
¡Mirad! ¡Mirad! ¡Allí!

Todos se volvieron a mirar.

A lo lejos, justo por delante de la dirección que llevaban, vieron algo extraordinario.
Era una especie de arco, una forma curvada enorme cuya cima se elevaba en el cielo y cuyos la-
dos bajaban interminablemente hasta reposar sobre una rueda enorme que parecía un desierto.

—¿Qué podrá ser eso? —dijo James.

—¡Es un puente!

—¡Es un círculo enorme cortado por la mitad!

—¡Es una herradura colosal que está boca abajo!

—Corregidme si me equivoco —balbuceó el Ciempiés, poniéndose pálido—. Pero ¿no son nubícolas aquéllos que están subidos en él?

Se hizo un silencio impresionante. El melocotón se acercaba más y más.

—¡Sí, son nubícolas!

—¡Hay cientos!

—¡Miles!

—¡Millones!

—¡No quiero ni oír hablar de ellos! —chilló el pobre Gusano ciego—. ¡Prefiero que me pongan en un anzuelo, como cebo para los peces, antes que volverme a encontrar con esas horribles criaturas!

—¡Yo prefiero mil veces ser frito en una sartén y devorado por un mexicano! —gritó el Viejo Saltamontes Verde.

—¡Guardad silencio! —susurró James—. Es nuestra única esperanza.

Se acurrucaron en el centro del melocotón, contemplando a los nubícolas. Toda la nube era un auténtico hervidero de ellos, y aún había muchos cientos más subidos a aquel monstruoso y demencial arco.

—¿Qué será eso? —susurró la Mariquita—. ¿Y qué están haciendo ahí?

—¡No me importa lo que estén haciendo!

—dijo el Ciempiés, deslizándose hacia la entrada
del pasadizo—. ¡No pienso quedarme aquí!
¡Hasta luego!

Pero los demás estaban demasiado asustados y fascinados por el acontecimiento como
para moverse.

—¿Sabéis una cosa? —dijo James.

—¿Qué? —dijeron—. ¿Qué?

—¡Parece que están pintando ese enorme
arco! ¡Tienen cubos de pintura y pinceles. ¿No lo
veis?

Y tenía razón. Los viajeros estaban ahora
bastante cerca y podían ver que eso era exactamente lo que estaban haciendo los nubícolas. Todos llevaban enormes pinceles y cubrían de color
el gran arco con furiosa rapidez; eran tan enormemente rápidos que en unos cuantos minutos
todo el arco quedó pintado con hermosísimos colores: rojos, azules, verdes, amarillos y violetas.

—¡Es un arco iris! —dijeron todos a un
tiempo—. ¡Están haciendo un arco iris!

—¡Oh, es maravilloso!

—¡Oh, mirad qué colores!

—¡Ciempiés! —gritaron—. ¡Tienes que
subir a ver esto! —estaban tan entusiasmados por
la belleza y el esplendor del arco iris que se olvi-
daron completamente de hablar en voz baja. El
Ciempiés asomó la cabeza, cauteloso, por la entrada del túnel.

—Bien, bien, bien —dijo—. Siempre me
había preguntado cómo se hacían esas cosas. Pero
¿para qué son todas esas cuerdas? ¿Qué están haciendo con esas cuerdas?

—¡Cielo santo, lo están sacando de la nube! —gritó James—. ¡Allá va! ¡Lo están bajando a la tierra colgado de las cuerdas!

—Y añadiré algo más —dijo el Ciempiés—. ¡O mucho me equivoco, o vamos a chocar contra él!

—¡Por todos los demonios, tiene razón! —exclamó el Viejo Saltamontes Verde.

El arco iris colgaba ahora de la nube. El melocotón pasaba justo por debajo del nivel de la nube y se dirigía directamente hacia el arco iris, a bastante velocidad.

—¡Estamos perdidos! —gritó la Araña retorciéndose las patas—. ¡Ha llegado nuestro fin!

—¡Ya no puedo más! —sollozó el Gusano—. ¡Decidme lo que está pasando!

—¡No chocaremos! —gritó la Mariquita.

—¡Sí que chocaremos!

—¡No, no chocaremos!

—¡No! ¡No! ¡Sí! ¡Oh, qué angustia!

—¡Agarraos bien! —gritó James, y de pronto se produjo un golpe terrible, al colisionar el melocotón con la parte superior del arco iris. A continuación se oyó un crujido y el enorme arco iris se partió justo por la mitad, quedando dividido en dos.

Lo que sucedió a continuación fue realmente algo de lo más desafortunado. Las cuerdas que los nubícolas habían utilizado para arriar el arco iris se enredaron con los hilos de seda que ataban las gaviotas al melocotón. ¡Estaban atrapados!

El pánico cundió entre los pasajeros, y James Henry Trotter, mirando rápidamente hacia arriba, vio los miles de rostros de los furiosos nubícolas que le contemplaban desde la nube. Los rostros casi no se veían a causa de las pobladas cabelleras y barbas blancas que los cubrían. No se veían narices, ni bocas, ni orejas, ni mejillas…; en las caras solamente se veían los ojos, dos ojillos pequeños y malévolos que brillaban entre la maraña de pelo.

Entonces sucedió lo peor de todo. Un nubícola, una enorme criatura peluda que debía de medir por lo menos cuatro metros y medio, dio un salto tremendo para colgarse de uno de los cabos de seda del melocotón. James y sus amigos le vieron cruzar el espacio por encima de ellos y agarrarse con pies y manos a uno de los cabos y a continuación, muy lentamente, empezó a descender, una mano tras otra.

—¡Piedad! ¡Ayuda! ¡Socorro! —gritó la Mariquita.

—¡Está bajando para devorarnos! —chilló el Viejo Saltamontes Verde—. ¡Saltemos por la borda!

—¡Que se coma al Gusano primero! —gritó el Ciempiés—. ¡Yo no soy bueno para comer, estoy lleno de cáscara y espinas!

—¡Ciempiés! —gritó James—. ¡Rápido! ¡Corta con tus pinzas el cabo por el que está bajando!

El Ciempiés corrió hacia el rabo del melocotón, tomó con sus quijadas el hilo de seda y lo cortó de un solo golpe. Inmediatamente, por encima de sus cabezas, una gaviota se separó del resto de la bandada y salió volando, llevando prendida del cuello una larga cuerda de seda. Y agarrado desesperadamente al extremo de la cuerda, gritando y maldiciendo, iba el enorme y peludo nubícola. Subía y subía sin cesar, iluminado por la luz de la luna, y James Henry Trotter, contemplándolo con deleite, dijo:

—¡Es fantástico, no debe pesar casi nada si una sola gaviota se lo puede llevar volando con tanta facilidad! ¡Debe estar hecho solamente de pelo y aire!

El resto de los nubícolas se quedaron tan pasmados al ver cómo uno de los suyos les era arrebatado de aquella forma, que soltaron las cuerdas que tenían en sus manos, y allá fue el arco iris, las dos mitades, dando tumbos por el aire, para ir a dar en tierra. Así quedó libre el melocotón, que inmediatamente reemprendió su marcha y se alejó de la terrible nube.

Pero los viajeros aún no estaban del todo a salvo. Los enfurecidos nubícolas empezaron a correr por la nube, persiguiéndolos y arrojándoles toda clase de objetos duros y peligrosos. Cubos vacíos de pintura, pinceles, escaleras, bancos, salseras, sartenes, huevos podridos, ratas muertas, botellas de brillantina...; todo cuanto aquellos salvajes encontraban a su paso fue arrojado contra el melocotón. Un nubícola, tomando puntería con todo cuidado, vació un enorme barril de pintura roja directamente sobre el cuerpo del Ciempiés.

El Ciempiés gritó enfurecido:

—¡Mis patas! ¡Se me están quedando pegadas unas a otras! ¡No puedo caminar! ¡Y mis párpados, no puedo abrirlos! ¡No veo nada! ¡Mis botas! ¡Mis pobres botas están quedando inservibles!

Pero en aquellos momentos todos estaban demasiado ocupados en esquivar los objetos que les lanzaban los nubícolas y no podían atender al Ciempiés.

—¡La pintura se está secando! —gimió éste—. ¡Se endurece y no puedo mover las patas! ¡No puedo moverme en absoluto!

—Todavía puedes mover la boca —dijo el Gusano—. Y eso sí que es una pena.

—¡James! —suplicó el Ciempiés—. ¡Por favor, ayúdame! ¡Lávame la pintura! ¡Quítamela como sea!

29

Pareció que pasaba una eternidad hasta que las gaviotas lograron arrastrar al melocotón lejos de aquella horrible nube del arco iris. Pero, finalmente, lo consiguieron, y entonces todos se arremolinaron en torno al Ciempiés y empezaron a discutir cuál era la mejor forma de limpiarle la pintura del cuerpo.

Realmente tenía un aspecto terrible. Estaba todo rojo y ahora que la pintura se empezaba a secar y a endurecerse se veía obligado a permanecer rígido, como si estuviera encajado en cemento. Tenía las cuarenta y dos patas inmóviles. Intentó decir algo, pero sus labios no se movieron. Lo único que se le entendió fueron una especie de gruñidos roncos.

El Viejo Saltamontes Verde se le acercó y le tocó en el vientre.

—¿Cómo es posible que se haya secado tan rápido? —preguntó.

—Es pintura de arco iris —dijo James—. La pintura de arco iris seca muy rápido y se queda muy dura.

—Yo odio la pintura —confesó la Araña—. Me da escalofríos. Me hace recordar a la

tía Spiker... Me refiero a la difunta tía Spiker...
La última vez que pintó el techo de la cocina, mi
pobre abuela se metió por allí, descuidada, y se
quedó pegada. Pudimos oírla cómo nos llamaba
durante toda la noche. «¡Socorro! ¡Ayudadme!»,
partía el corazón oírla. Pero ¿qué podíamos hacer? Nada, hasta el día siguiente, en que la pintura ya estaría seca, y entonces corrimos hasta ella
para consolarla y darle de comer. Lo creeréis o
no, pero así vivió durante seis meses, cabeza
abajo, pegada al techo por la pintura. Le llevábamos comida todos los días. Le llevábamos moscas frescas. Pero el veintiséis de abril pasado, la
tía Sponge... Me refiero a la difunta tía Sponge... miró casualmente al techo y la vio. «¡Una
araña!», gritó. «¡Una asquerosa araña! ¡Rápido!
¡Dadme aquella escoba!» Y entonces... ¡Oh, fue

terrible, me estremezco sólo de pensar en ello...
—la Araña se secó una lágrima y miró triste-
mente al Ciempiés—. Pobrecillo —murmuró—.
Siento mucho lo que te pasa.

—Nunca se librará de eso —dijo el Gusano, animado—. Nuestro Ciempiés no se podrá
volver a mover nunca más. Se convertirá en una
estatua y le podremos poner en medio del jardín
con una bañera para pájaros en la cabeza.

—Podemos intentar pelarlo como si fuera
un plátano —sugirió el Viejo Saltamontes Verde.

—O rascarlo con papel de lija —dijo la
Mariquita.

—Bueno, si sacara la lengua —dijo el
Gusano, sonriendo un poco, quizá por primera
vez en su vida—. Si sacara la lengua un poco,
entonces podríamos agarrársela y tirar. Si tiramos
con todas nuestras fuerzas a lo mejor le damos la
vuelta con lo de dentro para fuera y tendrá una
piel nueva.

Se hizo una pausa, mientras los otros me-
ditaban sobre esta interesante propuesta.

—Creo —dijo James pensativo—, creo
que lo mejor que podemos hacer... —y se quedó
callado—. ¿Qué ha sido eso? —preguntó—. He
oído una voz. Me pareció que alguien gritaba.

30

Todos levantaron la cabeza y escucharon.

—¡Chist! ¡Ahí está otra vez!

Pero la voz estaba demasiado lejos y no se podía entender lo que decía.

—¡Es un nubícola! —exclamó la Araña—. ¡Lo presiento, es un nubícola! ¡Vuelven a perseguirnos!

—¡La voz vino de arriba! —dijo el Gusano, y automáticamente todos miraron hacia arriba, todos excepto el Ciempiés, que no podía moverse.

—¡Huy! —dijeron—. ¡Socorro! ¡Ayuda! ¡Esta vez sí que no nos libraremos! —pues lo que vieron esta vez sobre sus cabezas fue una inmensa nube negra, una masa tremenda, terrible, amenazante y tormentosa, que empezaba a rugir y a sacudirse. Y entonces, desde directamente encima de la nube, se volvió a oír la voz, pero esta vez clara y potente:

«¡Abrid los desagües!», dijo la voz. «¡Abrid los desagües! ¡Abrid los desagües!»

Tres segundos más tarde, toda la parte inferior de la nube pareció romperse y abrirse como si fuera una bolsa de papel, y entonces sa-

lió el agua. La vieron venir. Cosa nada difícil porque no eran solamente gotas de agua. En realidad ni tan siquiera eran gotas de lluvia. Era una enorme masa de agua, que lo mismo podía ser un lago entero o medio océano que cayera del cielo sobre ellos. Y allí venía; primero empapó a las gaviotas y a continuación chocó violentamente sobre el mismísimo melocotón, en tanto que los pobres pasajeros chillaban e intentaban agarrarse a algo... al rabo del melocotón, a los cabos de seda, a lo que fuera. Y el agua seguía cayendo sin cesar sobre ellos, salpicando, aplastando, empapando, azotando, arrasando, anegando, chapoteando, asolando, corriendo en ríos. Tenían la impresión de encontrarse bajo la catarata más grande del mundo, incapaces de moverse. No podían hablar. No podían ver. No podían respirar. Y James Henry Trotter, agarrado a uno de los cabos de seda, pensó para sus adentros que aquello era seguramente el fin. Pero entonces, tan repentinamente como había empezado, paró el diluvio. Todo había pasado y se habían librado. Las maravillosas gaviotas lo habían atravesado y habían llegado al otro lado sanas y salvas. El gigantesco melocotón volvía a navegar nuevamente por los aires, iluminado por la misteriosa luz de la luna.

—¡Estoy medio ahogado! —dijo el Viejo Saltamontes Verde, echando una enorme bocanada de agua.

—¡Me ha atravesado la piel y todo! —gruñó el Gusano—. Siempre había creído que mi piel era impermeable, pero no es cierto, y ahora estoy lleno de agua.

—¡Miradme, miradme! —gritó el Ciempiés excitado—. ¡Me ha lavado! ¡Estoy limpio! ¡Me quitó toda la pintura! ¡Ya puedo volver a moverme!

—Es la peor noticia que me han dado en mucho tiempo —dijo el Gusano.

El Ciempiés se puso a saltar y bailar por la cubierta, cantando a voz en grito:

¡Viva! ¡Bien! ¡Qué estupenda tormenta!
¡Oh, qué bien esta lluvia me sienta!
Estoy limpio, sin mancha ni llaga
y ahora soy otra vez una plaga,
una plaga estupenda,
la mayor y mejor, ¡eso es menda!

—¡Cállate de una vez! —le dijo el Viejo Saltamontes Verde.

—¡Miradme! —gritó el Ciempiés.

¿Me miráis? ¿Me admiráis? ¡Ya me muevo!
¡Estoy libre, estoy vivo, soy nuevo!
Ni un rasguño en la piel, ni una herida;
han querido quitarme la vida
y han estado cerquita de hacerlo,
pero ¡no vivirán para verlo!
Y... ¡a la una, a las dos y a las tres!
¡Sigo siendo el más grande Ciempiés!

31

—¡Qué rápido vamos de pronto! —dijo la Mariquita—. ¿A qué será debido?

—Supongo que será porque a las gaviotas les gusta este lugar tan poco como a nosotros —le dijo James—. Me imagino que querrán salir de aquí lo antes posible, pues han pasado un mal rato con este diluvio.

Las gaviotas volaban cada vez más rápido, deslizándose por el cielo a una velocidad vertiginosa, remolcando el melocotón. Las nubes, pálidas y fantasmales a la luz de la luna, iban quedando atrás una tras otra. Durante el resto de la noche los viajeros pudieron en varias ocasiones ver fugazmente nubícolas correr de un lado para otro por las nubes, haciendo sus siniestros sortilegios contra el mundo de abajo.

Pasaron por delante de una máquina de nieve en pleno funcionamiento y vieron a unos nubícolas haciendo girar un manubrio para hacer salir tormentas de nieve por una especie de enormes embudos. Vieron los gigantescos tambores y bombos de producir truenos, batidos furiosamente por los nubícolas con unos mazos larguísimos. Vieron las fábricas de heladas y los locales en que se elaboraban los ciclones y las borrascas, que a continuación eran enviados a la tierra. Y en una ocasión, en el centro de una gran nube, vieron algo que tenía que ser por fuerza una ciudad de nubícolas. La nube estaba llena de cuevas y a la entrada de las cuevas estaban las esposas de los nubícolas cocinando bolas de nieve en unas sartenes para sus maridos. Cientos y cientos de hijos de nubícolas jugaban por todas partes, corriendo, riendo y chillando, y echándose a resbalar por las ondulaciones de la nube.

Una hora más tarde, justo antes del amanecer, los viajeros oyeron una especie de chillido ululante por encima de sus cabezas, y al mirar hacia arriba vieron una enorme criatura gris con

forma de murciélago que salió de las sombras y se echó sobre ellos. Se puso a volar en círculos alrededor del melocotón, moviendo lentamente sus grandes alas y mirando a los pasajeros. Seguidamente lanzó una serie de roncos y largos gritos melancólicos y desapareció en la noche.

—¡Oh, estoy deseando que llegue la mañana! —dijo la Araña entre escalofríos.

—Ya no falta mucho —le dijo James—. Mira, por allí ya empieza a clarear.

Todos se quedaron en silencio, contemplando cómo el sol iba saliendo lentamente de la línea del horizonte, anunciando el nuevo día.

32

Cuando por fin amaneció del todo, se pusieron en pie y desperezaron sus pobres y entumecidos cuerpos. Entonces el Ciempiés, que parecía que siempre era el primero en ver las cosas, gritó:

—¡Mirad abajo! ¡Tierra!

—¡Es cierto! —gritaron todos, corriendo hacia el borde del melocotón para ver mejor—. ¡Hurra! ¡Viva!

—¡Parecen calles y casas!

—¡Qué grande es todo!

Brillante, bajo el temprano sol de la mañana, se extendía, un kilómetro más abajo, una enorme ciudad. Desde aquella altura, los coches parecían diminutos escarabajos recorriendo las calles, y las personas no se veían mayores que granos de arroz.

—¡Qué edificios tan enormemente altos! —exclamó la Mariquita—. ¡Es la primera vez que veo una cosa así en Inglaterra. ¿Qué ciudad será ésta?

—Esto no puede ser Inglaterra —dijo el Viejo Saltamontes Verde.

—Entonces, ¿dónde crees que es? —preguntó la Araña.

—¿Sabéis lo que son esos edificios? —dijo James, dando saltos de alegría—. ¡Son rascacielos! ¡Esto debe ser América! ¡Y eso, amigos míos, significa que esta noche hemos cruzado el océano Atlántico!

—¡No lo dirás en serio! —dijeron los otros.

—¡No es posible!

—¡Es increíble! ¡Es inaudito!

—¡Oh, siempre había soñado con viajar a América! —exclamó el Ciempiés—. Tuve un amigo que...

—¡Calla la boca! —dijo el Gusano—. Nos tiene sin cuidado tu amigo. Lo que tenemos que pensar ahora es en cómo nos las vamos a arreglar para bajar a tierra.

—Preguntemos a James —dijo la Mariquita.

—No creo que eso resulte muy difícil —les dijo James—. Lo único que tenemos que hacer es soltar unas cuantas gaviotas. No demasiadas, claro, y las otras nos sostendrán ligeramente en el aire. Entonces iremos descendiendo lenta y suavemente, hasta llegar al suelo. El Ciempiés irá cortando los cabos de seda uno por uno.

33

Allá abajo, en la ciudad de Nueva York, se estaba produciendo una especie de caos. Sobre el cielo de Manhattan se había visto flotar una bola del tamaño de una casa y se había corrido la voz de que se trataba de una gran bomba enviada por otro país para volar en pedazos la ciudad. Las sirenas de la alarma aérea empezaron a sonar por todas partes y los programas de radio y televisión fueron interrumpidos para avisar a la población de que se cobijara en los sótanos y refugios antiaéreos.

Un millón de personas que se encontraban en la calle de paso para su trabajo miraron al cielo y, al ver al monstruo que se balanceaba sobre la ciudad, echaron a correr hacia la estación de metro más próxima para protegerse. Los generales tomaron el teléfono y empezaron a dar órdenes a los primeros que encontraban. El alcalde de Nueva York llamó al presidente a Washington para pedir ayuda, y el presidente, que en aquel momento estaba desayunando y en pijama, dejó a un lado el plato, a medio acabar, y empezó a pulsar botones a diestro y siniestro para reunir a todos los almirantes y generales. Y a lo largo y

ancho de América, en los cincuenta Estados de la Unión, desde Alaska a Florida y desde Pensilvania a Hawai, se dio la alarma y se informó a todos de que sobre Nueva York pendía la mayor bomba de la historia y que podría hacer explosión en cualquier momento.

34

—Vamos, Ciempiés, corta la primera cuerda —ordenó James.

El Ciempiés tomó entre sus mandíbulas una de las cuerdas y la cortó. Y otra vez (pero ahora sin nubícola enfurecido colgado de ella) salió volando libre otra gaviota, separándose de sus compañeras.

—Corta otra —dijo James.

El Ciempiés mordió otra cuerda.

—¿Por qué no descendemos?

—Estamos descendiendo.

—No, no estamos descendiendo.

—No os olvidéis de que el melocotón es ahora mucho más ligero que cuando partimos —les dijo James—. Perdió muchísimo jugo cuando lo golpeó el granizo la noche pasada. ¡Corta otras dos cuerdas, Ciempiés!

—¡Así, eso está mejor!

—¡Ahí vamos!

—¡Ahora sí que empezamos a bajar!

—¡Sí, esto va perfectamente! ¡Ciempiés, no cortes más cuerdas, pues sino bajaremos demasiado aprisa, y es mejor hacerlo despacio!

Lentamente, el gran melocotón empezó a perder altura, y los edificios y las calles se fueron acercando más y más.

—¿Creéis que nos harán fotografías para los periódicos cuando lleguemos abajo? —preguntó la Mariquita.

—¡Oh, cielos, me he olvidado de limpiarme las botas! —exclamó el Ciempiés—. Tenéis que ayudarme todos a limpiarme las botas antes de que lleguemos.

—¡Es el colmo! —dijo el Gusano—. ¿No puedes ni por un momento dejar de pensar en...?

No pudo concluir su frase. Pues de pronto... ¡SUSPUUFF! Miraron para arriba y vieron un gran avión salir de una nube cercana y pasar zumbando a unos seis metros por encima de sus cabezas. Se trataba del avión regular de pasajeros que hacía la línea entre Nueva York y Chicago, y según pasaba cortó, como un cuchillo, todas, absolutamente todas las cuerdas de seda, e inmediatamente las gaviotas se desperdigaron en todas direcciones y el enorme melocotón, como ya no tenía nada que lo sostuviera en el aire, cayó como si se tratara de una bola de plomo.

—¡Socorro! —gritó el Ciempiés.

—¡Ayuda! —gritó la Araña.

—¡Estamos perdidos! —gritó la Mariquita.

—¡Éste es el fin! —gritó el Viejo Saltamontes Verde.

—¡James! —gritó el Gusano—. ¡Haz algo, James! ¡Rápido, haz algo!

—¡No puedo! —gritó James—. ¡Lo siento! ¡Adiós! ¡Cerrad los ojos! ¡Será cuestión de un momento!

Según caía, el melocotón iba dando vueltas y más vueltas, y ellos se agarraron fuertemente al rabo para no salir despedidos al espacio.

Caía y caía cada vez más rápido, acercándose a toda velocidad a las casas de allá abajo, donde se partiría en un millón de pedazos. Y a lo largo de la Quinta Avenida y de la avenida Madison, y en muchas otras calles, la gente que no había tenido tiempo de cobijarse en las estaciones del metro se quedó mirando, con una especie de embobamiento, cómo caía lo que se suponía que era la bomba más grande del mundo. Unas cuantas mujeres chillaron. Otras se arrodillaron en las aceras y empezaban a rezar en voz alta. Algunos hombres muy enteros se miraron y dijeron cosas como: «Creo que ha llegado la hora, Joe», y «¡Adiós, adiós a todos!» Y durante los treinta segundos siguientes toda la ciudad contuvo la respiración, esperando a que llegara el fin.

—¡Adiós, Mariquita! —musitó James, agarrándose al rabo del melocotón—. ¡Adiós, Ciempiés. Adiós a todos! —ya no quedaban más que unos segundos y parecía que iban a caer justo en medio de los edificios más altos. James pudo ver cómo los rascacielos parecían aproximarse a su encuentro a una velocidad increíble; la mayoría tenía el tejado plano y cuadrado, pero el más alto de todos tenía una cúpula rematada por una larga y afilada punta... como una enorme aguja de plata que se proyectara hacia el cielo.

Y fue precisamente en la punta de esta aguja donde cayó el melocotón.

Se produjo el batacazo. La aguja se introdujo profundamente. Y de pronto... allí quedó el melocotón, ensartado en lo más alto del Empire State Building.

37

Era una visión realmente asombrosa, y a los dos o tres minutos, tan pronto como la gente de abajo se dio cuenta de que aquello no podía ser una bomba, empezó a salir de sus refugios y se quedó boquiabierta mirando aquel prodigio. Las calles en un kilómetro alrededor del edificio estaban abarrotadas de hombres y mujeres, y cuando se corrió la voz de que había seres vivientes encima de aquella gran bola se produjo una enorme excitación.

—¡Es un platillo volante! —dijeron.

—¡Son extraterrestres!

—¡Vienen de Marte!

—¡A lo mejor vienen de la Luna!

Un hombre que estaba mirando con unos prismáticos dijo:

—No sé, pero me da la impresión de que tienen un aspecto un tanto raro.

De todas partes de la ciudad llegaron coches de la policía y de los bomberos y aparcaron delante del Empire State Building. Doscientos bomberos y quinientos policías entraron en el edificio y subieron en ascensor tan arriba como pudieron y después se fueron al balcón panorámico (que es a donde suelen ir los turistas), justo debajo de la gran aguja.

Todos los policías tenían sus armas preparadas y los dedos en los gatillos y los bomberos estaban desenfundando las hachas. Pero desde donde estaban, casi debajo del melocotón, no podían ver a los pasajeros que estaban encima.

—¡Eh, los de arriba! —gritó el jefe de policía—. ¡Asomaos para que podamos veros!

De pronto, la gran cabeza marrón del Ciempiés apareció por un lado del melocotón. Sus grandes y redondos ojos negros miraron a los policías y bomberos: Entonces su monstruosa cara se iluminó con una amplia sonrisa.

Los policías y bomberos empezaron a gritar todos a un tiempo.

—¡Cuidado! —gritaron—. ¡Es un dragón!

—¡No es un dragón! ¡Es un basilisco!

—¡Es una gorgona!

—¡Es una serpiente de mar!

—¡Es una arpía!

—¡Es una mantis!

Tres bomberos y cinco policías se desmayaron y hubo que sacarlos de allí.

—¡Es un horripilóptero! —gritó el jefe de policía.

—¡Es un diablóptero! —berreó el jefe de los bomberos.

El Ciempiés siguió sonriendo. Parecía que se complacía en toda aquella conmoción que estaba causando.

—¡Eh, tú! —gritó el jefe de policía, haciendo una bocina con las manos—. ¡Escucha bien! ¡Quiero que me digas de dónde procedéis!

—¡Venimos de un lugar a muchos miles de kilómetros de aquí —gritó el Ciempiés, sonriendo aún más ampliamente y mostrando sus dientes marrones.

—¡Ahí lo tenéis! —dijo el jefe de policía—. ¡Ya había dicho yo que eran de Marte!

—¡Creo que tienes razón! —dijo el jefe de los bomberos.

En ese instante, el Viejo Saltamontes Verde asomó su gran cabeza verde, al lado del Ciempiés. Otros seis hombres fornidos se desmayaron al verla.

—¡Ésa es una sabandija! —dijo en seguida el jefe de los bomberos—. ¡Lo sé, estoy seguro de que es una sabandija!

—¡O un Leviatán! —exclamó el jefe de policía—. ¡Échense todos atrás, puede saltar sobre nosotros en cualquier momento!

—¿De qué están hablando ésos? —le preguntó el Viejo Saltamontes Verde al Ciempiés.

—No tengo ni la más remota idea —respondió el Ciempiés—. Pero parece que no acaban de ponerse de acuerdo sobre algo.

Entonces la enorme y siniestra cabeza negra de la Araña, que para un extraño era la más horrenda de todas, asomó al lado del Viejo Saltamontes Verde.

—¡Sapos y culebras! —exclamó el jefe de los bomberos—. ¡Es nuestro fin! ¡Es una Scórpula gigante!

—¡Peor que eso! —gritó el jefe de policía—. ¡Es una Knid verniciosa! ¡No hay más que ver su vernicioso y horrible rostro!

—¿Son ésas que se comen un hombre de desayuno? —preguntó el jefe de los bomberos, poniéndose blanco como un pañuelo.

—Me temo que sí —le respondió el jefe de policía.

—¡Por favor! ¿Por qué no nos ayuda alguien a bajar de aquí? —dijo la Araña—. Estoy empezando a marearme.

—¡Puede ser una trampa! —dijo el jefe de los bomberos—. ¡Que nadie se mueva hasta que yo lo diga!

—¡Seguramente tienen armas espaciales! —dijo el jefe de policía en voz baja.

—¡Pero tenemos que hacer algo! —dijo el jefe de los bomberos—. Hay cerca de cinco millones de personas ahí abajo en la calle, observándonos.

—¿Por qué no pones una escalera? —le preguntó el jefe de policía—. Yo puedo quedarme abajo sujetándola mientras tú subes a ver lo que pasa arriba.

—¡Gracias, muchas gracias! —soltó el jefe de los bomberos.

Un instante más tarde había nada menos que siete grandes y fantásticas cabezas asomadas al costado del melocotón: la del Ciempiés, la del Viejo Saltamontes Verde, la de la Araña, la del Gusano, la de la Mariquita, la del Gusano de Seda y la del Gusano de Luz. Y una especie de pánico empezó a recorrer las filas de los bomberos y de la policía.

Entonces, súbitamente, el pánico cesó y se convirtió en estupor. Pues un niño pequeño apareció en medio de las otras criaturas. Su cabello ondeaba al viento y se reía y saludaba con la mano, al tiempo que gritaba: «¡Hola! ¡Hola a todos!»

Durante un momento los hombres de abajo se quedaron boquiabiertos, sin poder creer lo que veían sus ojos.

—¡Santo cielo! —exclamó el jefe de los bomberos, poniéndose todo colorado—. ¿No es un niño lo que estoy viendo?

—¡Por favor, no se asusten de nosotros! —dijo James—. ¡Estamos tan contentos de encontrarnos aquí!

—¿Y esos que están contigo? —gritó el jefe de policía—. ¿Son peligrosos?

—¡Oh, no, claro que no! —respondió James—. ¡Son las criaturas más amables del mundo! Permítanme que se las presente una por una y se convencerán.

Éste, amigos, que aquí veis es el Ciempiés
y yo voy a explicaros cómo es:
convenceros quisiera
de que este buen Ciempiés no es una fiera.
Al contrario, es tanta su paciencia
que la Reina le pide con frecuencia
que le cuide a los príncipes reales
cuando brillan fuegos artificiales
en las noches de fiestas oficiales.

Este otro es Gusano
—*dijo el chico, tendiendo hacia él la mano*—.

Trabaja sin descanso, el suelo mueve
y consigue que el campo se renueve.
Muy bien comprenderéis, sin que os lo explique,
que puede como nadie hacer un dique
o excavar pasadizos bajo tierra
lo mismo por el llano que en la sierra.
Puede hacer bajo el suelo maravillas:
abrir alcantarillas,
túneles bajo el monte para el tren
con sus vías, sus cables y su arcén,
y mil otras cosillas
que considera él obras sencillas...
(Aquí el pobre Gusano
saludó ruboroso y muy ufano.
Y Araña, emocionada,
aplaudió entusiasmada.)

Saltamontes, señoras, señores,
es muy digno de loas y honores.
Le pedís que algo cante y él canta,
porque ocurre que el canto le encanta.
Puede ser un juguete de sueño
que contente a un chiquillo pequeño:

se le toca en un pie y da tal salto
que hasta asusta ese salto tan alto.
(—Me parece que el chico exagera
—dijo un guardia de negra guerrera—.)

Y ahora sigo, y sin más dilaciones
continúo las presentaciones.
Al Gusano de Luz os presento,
que es muy dulce, muy tierno y atento.
Sin dificultad,
con facilidad
se le cuelga en paredes o el techo
y está todo hecho;

queda ya para siempre instalada
una luz que se da regalada;
no habrá nunca ya necesidad
de gastar en electricidad.
(Un bombero exclamó: —¿Es verdad?
Pues si es cierto, ¡qué barbaridad!
¡Vaya caso de publicidad!)

Y aquí, amigos, tenéis a la Araña,
la que guarda un tesoro en su entraña:
metros, metros y metros de hilo
que ella teje con gracia y estilo.

No habéis de asustaros
si con ella llegáis a encontraros,
pues es inocente
aunque tenga ese aspecto imponente.
Os suplica que nunca con saña
persigáis y aplastéis a una araña,
pues trae mala suerte
a una pobre arañita dar muerte.

Dice que es correcto
invitarla a marchar hasta el huerto
donde pueda tejer lindas telas
y atrapar mariposas tontuelas.
(Veinte guardias dijeron: —¡Qué acierto!
¡Buena idea llevarlas al huerto!)

Y aquí está Mariquita bonita,
es muy dulce y muy suave, no grita.
Durante el viaje
me ha enseñado cordura y coraje.

Se ha dejado en el campo cien crías,
cien pequeños ¡que son un montón!;
llegarán en los próximos días
cuando ruede otro melocotón.
(Unos guardias dijeron: —¡Qué hermosa!
Y un bombero exclamó: —¡Qué preciosa!
Todo el mundo contento y tarumba
la admiraba y bailaba una rumba.)

Y, por fin, ya tan sólo me queda
presentar al Gusano de Seda.

Él trabaja de modo incansable
para hacer una obra admirable:
crea hebras de tal perfección
que le envidian en China y Japón.
Con sus hebras se tejen los chales,
las casacas y mantos reales;
se bordan mantillas
y las zapatillas
que se pone la reina moruna
cuando desayuna.
Y ha tenido el honor muy reciente
de tejerle al señor presidente
un chaleco de varios colores
que a los senadores
los deja callados
de puro admirados.
(—¡Vaya un tipo estupendo el Gusano!
—dijo un guardia urbano—.
Yo tres vivas por él quiero dar,
y la gente se puso a gritar,
a vitorear y a felicitar
al Gusano de Seda sin par.)

Cinco minutos más tarde estaban todos abajo, sanos y salvos, y James empezó a contar su historia a un grupo de asombrados policías.

Y de pronto, todos los que habían llegado en el melocotón se vieron convertidos en héroes. Fueron escoltados hasta la puerta principal del ayuntamiento, donde los recibió el alcalde con un discurso de bienvenida. Y mientras tanto un ciento de escaladores, equipados con cuerdas y escaleras, se subieron al Empire State Building, sacaron el melocotón de la aguja y lo bajaron a la calle.

El alcalde proclamó: «¡Ahora tenemos que organizar un desfile de fiesta en honor de nuestros increíbles visitantes!»

Y se formó la comitiva. En el coche delantero (que era un enorme descapotable) iban James y todos sus amigos.

A continuación seguía el colosal melocotón, que con ayuda de grúas y ganchos había sido cargado en un gran camión, desde donde parecía observarlo todo, satisfecho y mayestático. Tenía, desde luego, un agujero considerable en el fondo, donde se le había clavado la aguja del Empire

State, pero nadie se fijó en eso, ni en el jugo que iba soltando por la calle.

Detrás del melocotón, resbalando en su jugo, iba el coche del alcalde, y detrás del coche del alcalde iban otros veinte coches más, llevando a todas las personalidades de la ciudad.

La multitud gritaba y saludaba enfervorizada. Alineada a lo largo de las aceras y asomada a las ventanas de los rascacielos, tiraba serpentinas y confetti al paso de la comitiva. James y sus amigos se pusieron en pie y empezaron a saludar y sonreír a la gente.

Entonces sucedió algo muy curioso. La comitiva avanzaba lentamente por la Quinta Avenida, cuando de pronto una niña pequeña, vestida de rojo, salió de entre la multitud y gritó:

—¡Oh, por favor, James, James! ¿Podría probar un trocito pequeño de tu maravilloso melocotón?

—¡Desde luego! —le respondió James—. ¡Come cuanto quieras! ¡No se va a conservar para siempre!

Aún no había acabado de hablar, cuando otros cincuenta niños salieron corriendo de entre la gente y se le acercaron.

—¿Podemos probarlo nosotros también? —dijeron.

—¡Naturalmente que sí! —les dijo James—. ¡Todos podéis probarlo!

Los niños se subieron al camión y rodearon, como hormigas, el melocotón gigante, comiendo y comiendo a placer. Y según se fue corriendo la noticia por las calles, fueron apareciendo más y más grupos de niños y niñas para comer melocotón, mientras la caravana proseguía su lenta marcha por la Quinta Avenida. Era un espectáculo realmente fantástico. A algunos mayores les daba la impresión de que había llegado a Nueva York el Flautista de Hamelín. Pero para James, que ni en sueños había imaginado que pudiera haber tantísimos niños en el mundo, era lo más extraordinario que le había sucedido en su vida.

Cuando por fin acabó el desfile, el melocotón había sido comido totalmente y solamente quedaba el gran hueso mondo y lirondo, brillante por los lametones de diez mil lenguas infantiles.

Y de esa forma acabó el viaje. Pero los viajeros siguieron viviendo. Todos se hicieron ricos y famosos en su nuevo país.

El Ciempiés llegó a vicepresidente del departamento de ventas de una fábrica de botas y zapatos.

El Gusano, por su deliciosa piel rosada, fue contratado por una firma que fabricaba cremas de belleza para las mujeres para hacer anuncios de televisión.

El Gusano de Seda y la Araña, después de haber aprendido a hacer hilo de nailon en vez de seda, montaron juntos una fábrica de cuerdas para funámbulos.

El Gusano de Luz consiguió el puesto de faro en la antorcha de la Estatua de la Libertad, y así ahorró a la ciudad el tener que pagar una monstruosa cuenta anual de luz.

El Viejo Saltamontes Verde pasó a formar parte de la Orquesta Sinfónica de Nueva York, donde su virtuosismo musical era muy admirado.

La Mariquita, que siempre había temido que se le quemara su casa y se abrasaran sus hijos, se casó con el jefe de los bomberos y vivió feliz a partir de entonces.

Y en lo que respecta al gran hueso del melocotón gigante, fue colocado en un lugar de honor en Central Park y se convirtió en un monumento famoso. Pero no era solamente un monumento famoso. Era también una casa famosa. Y en aquella famosa casa vivía una persona famosa...

el mismísimo
JAMES HENRY TROTTER

Y lo único que tenías que hacer era ir allí cualquier día de la semana y llamar a la puerta. La puerta estaba siempre abierta para cualquiera, y podías pasar y ver la famosa habitación en la que James había encontrado por primera vez a sus amigos. Y algunas veces, si tenías suerte, podías encontrar allí también al Viejo Saltamontes Verde, descansando tranquilamente en una silla delante del fuego, o quizá estuviera la Mariquita, que había ido a tomar el té y charlar un poco, o al Ciempiés, que había ido a mostrar una nueva colección de botas especialmente elegantes recién adquiridas.

Todos los días de la semana cientos de niños de todas partes llegaban a la ciudad para ver

el maravilloso hueso de melocotón del parque.
Y James Henry Trotter, que en un tiempo, ¿lo re-
cuerdas?, había sido el niño más triste y solo que
se podía encontrar, tenía ahora todas las visitas y
amigos del mundo. Y como había montones de
ellos que siempre le estaban pidiendo que les
contara la historia de su aventura en el melocotón, se le ocurrió que quizá fuera interesante sentarse un día a escribirla para hacer un libro.

Y así lo hizo.

Y es precisamente éste que acabas de leer
ahora mismo.

James y el melocotón gigante terminó de imprimirse en junio de 2000 en Litográfica Ingramex, S.A. de C.V., Centeno 162, Col. Granjas Esmeralda, 09810, México, D.F. Cuidado de la edición: Marisol Schulz.

ROALD DAHL

Roald Dahl (1916-1990) nació en Llandaf, un pueblecito del País de Gales, en el seno de una familia acomodada de origen noruego.

A los siete años fue internado en un colegio inglés, donde sufrió el rígido sistema educativo británico que reflejaría luego en algunos de sus libros.

Terminado el Bachillerato, y en contra de las recomendaciones maternas para que cursara estudios universitarios, entró a trabajar en Shell, la compañía multinacional petrolífera, en África.

En ese continente fue donde le sorprendió la Segunda Guerra Mundial, en la que tomó parte. Se hizo piloto de aviación en la Royal Air Force; fue derribado en combate, y pasó seis meses hospitalizado. Después fue destinado a Londres, y en Washington empezó a escribir sus aventuras de guerra.

Su incursión en la literatura infantil estuvo motivada por los cuentos que narraba a sus cuatro hijos. En 1964 publica su primera obra, *Charlie y la fábrica de chocolate*. También escribió guiones para películas; concibió personajes famosos como los Gremlins, y algunas de sus obras han sido llevadas al cine.

Roald Dahl murió en Oxford a los 74 años de edad.